Antón Čechov

L'AMARENETO

COMMEDIA IN QUATTRO ATTI

Versione filologica del

Giardino dei ciliegi

(1903)

a cura di Bruno Osimo

Titolo originale dell'opera: Вишнёвый сад
Traduzione dal russo di Bruno Osimo

Bruno Osimo è un autore/traduttore che si autopubblica

ISBN 9788898467181 per l'edizione elettronica
ISBN 9788898467631 per l'edizione cartacea

Contatti dell'autore-editore-traduttore: osimo@trad.it

Traslitterazione

La traslitterazione dei nomi è fatta in base alla norma ISO 9:

â si pronuncia come 'ia' in 'fiato' /ja/
c si pronuncia come 'z' in 'zozzo' /ts/
č si pronuncia come 'c' in 'cena' /tɕ/
e si pronuncia come 'ie' in 'fieno' /je/
ë si pronuncia come 'io' in 'chiodo' /jo/
è si pronuncia come 'e' in 'lercio' /e/
h si pronuncia come 'c' nel toscano 'laconico' /x/
š si pronuncia come 'sc' in 'scemo' /ʂ/
ŝ si pronuncia come 'sc' in 'esci' /ɕː/
û si pronuncia come 'iu' in 'fiuto' /ju/
z si pronuncia come 's' in 'rosa' /z/
ž si pronuncia come 's' in 'pleasure' /ʑ/

Fonte: Opere e lettere complete in trenta volumi. Opere in diciotto volumi.
Volume tredicesimo. Commedie (1895-1904).
Mosca, Nauka, 1986.

Sommario

Traslitterazione.....................................2

Personaggi..4

Primo atto..5

Secondo atto.......................................27

Terzo atto...44

Quarto atto...61

Postfazione.. 76

Dello stesso editore..................................78

Personaggi

Lûbóv' Andréevna Ranevskaâ, proprietaria terriera.
Ànâ, sua figlia, 17 anni.
Vàrâ, sua figlia adottiva, 24 anni.
Leonìd Andréič Gàev, fratello della Ranevskaâ.
Ermolàj Alekséič Lopàhin, commerciante.
Pétâ (Pëtr Sergéič) Trofìmov, studente.
Borìs Borìsovič Simeònov-Pìŝik, proprietario terriero.
Charlotta Ivànovna, governante.
Semën Panteléevič Epihòdov, impiegato.
Dunâŝa, cameriera.
Firs, maggiordomo, un vecchio di 87 anni.
Âŝa, giovane lacchè.
Passante.
Capostazione.
Funzionario postale.
Ospiti, servitù.
 L'azione avviene nel podere di Lûbóv' Andréevna Ranevskaâ.

Primo atto

La camera che si chiama ancora «dei bambini». Una delle porte dà sulla camera di Ànâ. È l'alba, presto sorgerà il sole. È già maggio, fioriscono gli amareni, ma in giardino fa freddo, c'è una gelata. Le finestre in camera sono chiuse
Entrano Dunâša con una candela e Lopàhin con un libro in mano.

Lopàhin. È arrivato il treno, grazie a Dio. Che ore sono?

Dunâša. Quasi le due. (Spegne la candela.) Fa già chiaro.

Lopàhin. Quant'è che ha fatto ritardo il treno? Un paio d'ore, come minimo. (Sbadiglia e si stira.) Son proprio bravo, ma guarda che cretino! Sono venuto qui apposta per andarla a prendere alla stazione, e invece mi sono addormentato... Mi sono appisolato da seduto. Vergogna... Almeno mi avessi svegliato tu.

Dunâša. Pensavo che voi foste andato. (Si mette ad ascoltare.) Ecco, mi sembra che siano già qui.

Lopàhin (si mette ad ascoltare). No... Farsi dare i bagagli, una cosa e l'altra...

Pausa.

Lûbóv' Andréevna è stata cinque anni all'estero, non so come sarà adesso... È una brava persona. Una persona leggera, semplice. Mi ricordo, sarò stato un ragazzo di quindic'anni, il mio povero padre — all'epoca commerciava in una bottega qui in

5

campagna – mi ha dato un pugno in faccia, m'è uscito sangue dal naso... Allora non so perché siamo arrivati insieme in cortile, e lui aveva bevuto. Lûbóv' Andréevna, a quanto ricordo adesso, era ancora giovane, magrolina, mi ha portato al lavandino, proprio in questa camera, dei bambini. «Non piangere, piccolo mužìk, dice, arriverai a trovarti la fidanzata...»

Pausa.

Piccolo mužìk... Mio padre era un mužìk davvero, ed eccomi col gilet bianco, le scarpe gialle. Col muso da maiale in pasticceria... A malapena ricco, molti soldi, a pensarci e ragionare, c'è mužìk e mužìk... (Sfoglia un libro.) Ho letto un libro e non ho capito nulla. Ho letto e mi sono addormentato.

Pausa.

Dunâša. I cani è tutta la notte che non dormono, sentono l'odore dei padroni che arrivano.
Lopàhin. Che dici, Dunâša...
Dunâša. Mi tremano le mani. Ora svengo.
Lopàhin. Come sei elegante, Dunâša. Ti vesti come una signora, e ti ci pettini, pure. Non si fa. Bisogna rendersi conto.

Entra Epidòhov con un mazzo di fiori; ha la giacca, e stivali lucidati brillanti che scricchiolano forte; entrando, gli cade il mazzo di fiori.

Epihòdov (raccoglie il mazzo di fiori). Li manda il giardiniere, dice di metterli in salotto. (Porge il mazzo di fiori a Dunâša.)
Lopàhin. E portami del kvas.
Dunâša. Subito. (Se ne va.)
Epihòdov. C'è una gelata mattutina, tre gradi sotto

6

zero, e l'amareno è tutto in fiore. Il nostro clima non mi va giù. (Sospira.) Affatto. Il nostro clima al momento buono non riesce a essere d'aiuto. Senta, Ermolàj Alekséjč, mi permetta di aggiungere qualcosa per lei, sono tre giorni che mi sono comprato gli stivali, e ho l'ardire di garantirle che scricchiolano che non è possibile. Che ci posso spalmare?

Lopàhin. Smettila. M'hai stufato.

Epihòdov. Ogni giorno mi succede una catastrofe. E io non mi lamento, mi sono abituato e addirittura sorrido.

Dunâša entra, porge lo kvas a Lopàhin.

Vado io. (Urta la sedia, che cade.) Ecco... (Come esultando.) Lo vedete, perdonate l'espressione, che circostanza, tra l'altro... È financo considerevole! (Se ne va.)

Dunâša. Tra l'altro, Ermolàj Alekséič, le confesso che Epihòdov mi ha fatto la proposta.

Lopàhin. Oh!

Dunâša. Non so bene... È un tipo pacifico, ma certe volte quando parla, non si capisce niente. Cose belle, cose sensibili, però non si capisce. A me piacicchia. Mi ama alla follia. È un tipo sfortunato, ogni giorno una. Da noi lo si prende in giro: venti sfortune più ancora due...

Lopàhin (si mette in ascolto). Ecco, arrivano, mi sembra...

Dunâša. Arrivano! Ma cosa mi succede... mi sono tutta raffreddata.

Lopàhin. Arrivano, sono proprio loro. Andiamogli incontro. Chissà se mi riconosce. Sono cinque anni che non ci vediamo.

Dunâša (agitata). Ora cado... Ohi, cado!

Si sente che due carrozze si avvicinano alla casa. Lopàhin e Dunâša se ne vanno veloci. La scena è vuota. Nelle camere vicine comincia il rumore. Dalla scena, appoggiandosi al bastone, passa veloce Firs che sta andando incontro a Lûbóv' Andréevna; ha una livrea vecchissima e un cappello alto; dice qualcosa tra sé, ma non si riesce a capire nemmeno una parola. Il rumore fuori scena diventa sempre più forte. Una voce: «Ecco passiamo di qui...» Lûbóv' Andréevna, Ànâ e Charlotta Ivànovna col cagnolino al guinzaglio, vestite da viaggio. Vàrâ in cappotto e foulard, Gàev, Simeonov-Pìšik, Lopàhin, Dunâša col nodo e l'ombrello, la serva con le cose – tutti attraversano la camera.

Ànâ. Passiamo di qui. Tu, mamma, te lo ricordi che camera è questa?

Lûbóv' Andréevna (con gioia, tra le lacrime). Dei bambini!

Vàrâ. Che freddo, mi si sono intirizzite le mani. (E a Lûbóv' Andréevna.) Le vostre stanze, la bianca e la viola, sono rimaste tali quali, mammina.

Lûbóv' Andréevna. La camera dei bambini, cara mia, è una stanza bellissima... Ci ho dormito da piccola... (Piange.) E adesso sono come piccola... (Bacia il fratello, Vàrâ, poi di nuovo il fratello.) E Vàrâ è sempre la stessa di un tempo, sembra una suora. Anche Dunâša l'ho riconosciuta... (Dà un bacio a Dunâša.)

Gàev. Il treno è arrivato in ritardo di due ore. Che si fa? Cosa ordinano?

Charlotta (A Pìŝik). Il mio cane mangia pure le noci.
Pìŝik (stupito). Ma pensi lei!

Escono tutti, tranne Ànâ e Dunâŝa.

Dunâŝa. Non ne potevamo più d'aspettare... (Toglie cappotto, cappello ad Ànâ.)
Ànâ. Sono quattro notti che non dormo, in viaggio... ora sono molto infreddolita.
Dunâŝa. Siete partita al Digiuno grande, c'era la neve allora, c'era il gelo, e adesso? Mia cara! (Ride, le dà un bacio.) Vi aspettavo, gioia mia, fiorellino... Ve lo dico io, non avrei potuto farcela un minuto di più...
Ànâ (con fiacchezza). Di nuovo qualcosa...
Dunâŝa. L'impiegato Epihòdov dopo la Trinità[1] mi ha fatto la proposta.
Ànâ. Sempre alla stessa cosa, tu... (S'aggiusta i capelli.) Ho perso tutte le forcine... (È sfinita, barcolla persino.)
Dunâŝa. Non so più cosa pensare. Lui mi ama, mi ama tanto!
Ànâ (guarda la propria porta, con tenerezza). La mia camera, le mie finestre, come non fossi partita. Sono a casa! Domattina m'alzerò, correrò in giardino... Oh, se potessi addormentarmi! Non dormo da tutto il viaggio, mi tormentava l'inquietudine.
Dunâŝa. Sono tre giorni che Pëtr Sergeič si sono degnati[2] di venire.
Ànâ (con gioia). Pétâ!
Dunâŝa. Il signore dorme alla sauna, se ne sta lì. Non vorrei disturbare, dice. (Dà un'occhiata all'orologio

---

[1] 23 maggio, giorno della Santa Trinità nel calendario ortodosso.
[2] In segno di rispetto per i bàrin si usa il plurale per il singolo.

9

da tasca.) Bisognerebbe svegliarlo, ma Varvàra Mihàjlovna me lo proibisce. Non svegliarlo, dice.

Entra Vàrâ, alla cintola ha un mazzo di chiavi.

Vàrâ. Dunâša, il caffè sùbito... La mammina chiede caffè.

Dunâša. Immediatamente. (Se ne va.)

Vàrâ. Oh, grazie a Dio sei arrivata. Sei di nuovo a casa. (Carezzandola.) L'animuccia mia è arrivata! La mia bella è arrivata!

Ànâ. Ne ho passate tante.

Vàrâ. Immagino!

Ànâ. Sono partita la Settimana santa, allora faceva freddo. Charlotta è tutto il viaggio che parla, che fa scherzi. Chissà perché m'hai appiccicato Charlotta...

Vàrâ. Mica potevi partire da sola, animuccia. A diciassette anni!

Ànâ. Arriviamo a Parigi, là fa freddo, nevica. Il francese lo parlo da schifo. La mamma sta al quarto piano, arrivo da lei, ha dei francesi, delle signore, un vecchio prete col libretto, e c'è puzza di fumo, non è accogliente. D'un tratto la mamma m'ha fatto pena, così pena che le ho abbracciato la testa, l'ho stretta tra le braccia e non potevo lasciarla. Dopo la mamma era tutta intenerita, piangeva...

Vàrâ (tra le lacrime). Non parlare, non parlare...

Ànâ. La sua villetta vicino a Menton l'ha già venduta, non le è rimasto nulla, nulla. Nemmeno a me è rimasta una copeca, ce l'abbiamo fatta a malapena a tornare. E la mamma non capisce! Siamo alla stazione a pranzare e lei chiede le cose più costose e di mancia ai camerieri dà un rublo a testa. Charlotta lo stesso. Pure Âša pretende una porzione per sé, una cosa orrenda. La mamma ha come lacchè Âša, l'abbiamo portato qui...

Vàrâ. Ho visto il furfante.

Ànâ. Beh, e come va qui? Hanno pagato le percentuali?

Vàrâ. Ma quando mai.

Ànâ. Dio mio, Dio mio...

Vàrâ. In agosto vendono la proprietà...

Ànâ. Dio mio...

Lopàhin (dà un'occhiata dentro la porta e mugola). Me-e-e... (Se ne va.)

Vàrâ (tra le lacrime). Ecco cosa gli darei... (Minaccia col pugno.)

Ànâ (abbraccia Vàrâ, in silenzio). Vàrâ, ti ha fatto la proposta? (Vàrâ scuote la testa negativamente.) È chiaro che ti ama... Perché non vi chiarite, cos'aspettate?

Vàrâ. Io penso che non ce ne venga nulla. Lui ha un sacco d'impegni, non ha tempo per me... non mi degna nemmeno d'attenzione. Che se ne vada con Dio, già solo vederlo mi pesa... Tutti parlano del nostro fidanzamento, tutti si congratulano, ma in realtà non c'è nulla, è tutto come un sogno... (Con altro tono.) La tua spilla sembra un'apina.

Ànâ (triste). Me l'ha comprata la mamma. (Va in camera propria, dice allegra, infantile.) E a Parigi ho volato nella mongolfiera!

Vàrâ. L'animuccia mia è arrivata! La mia bella è arrivata!

Dunâša è già tornata con la caffettiera e fa il caffè.

(Sta in piedi vicino alla porta.) Me ne cammino, animuccia, per il giorno intero per per il podere e continuo a sognare. Riuscissi a sposarti a un uomo ricco, allora poi sarei tranquilla, me ne andrei in monastero, poi a Kiev... a Mosca, e così continuerei a girare per luoghi sacri... girerei e girerei. Splendido!.. Ànâ. Gli uccelli cantano in giardino. Ma che ore sono? Vàrâ. Saranno le due passate. È ora che tu vada a dormire, animuccia. (Entrando in camera di Ànâ.) Splendore!

Entra Âša con un plaid, una borsetta da viaggio.

Âša (attraversa la scena con delicatezza). Posso passare, signori?

Dunâša. E non vi riconosce, Âša. Come siete cambiata all'estero.

Âša. Hm... E voi chi siete?

Dunâša. Quando siete partito da qui, ero così... (Mostra l'altezza dal pavimento.) Dunâša, figlia di Fëdor Kozoédov. Non vi ricordate!

Âša. Hm... Cetriolino! (Si guarda intorno e la abbraccia; lei fa un gridolino e lascia cadere il piattino. Âša se ne va veloce.)

Vàrâ (sulla soglia, con voce scontenta). Cos'altro c'è?

Dunâša (tra le lacrime). Un piattino ho rotto...

Vàrâ. Porta bene.

Ànâ (uscendo di camera propria). Bisogna avvertire la mamma: c'è qui Pétâ...

Vàrâ. Ho dato ordine di non svegliarlo.

Ànâ (pensierosa.) Sei anni fa è morto il padre, dopo un mese è annegato nel fiume il fratello Grìša, un bel bambino di sette anni. La mamma non ce l'ha fatta, se n'è andata, se n'è andata senza guardarsi indietro... (Ha un sussulto.) Come la capisco, se lei lo sapesse!

Pausa.

E Pétâ Trofìmov era l'insegnante di Grìša, può farle venire in mente...

 Entra Firs; ha la giaccia e il gilet bianco.

Firs (va verso la caffettiera, indaffarato). La bàrynâ mangerà qui... (Indossa i guanti bianchi.) È pronto il cofi[3]? (Severo a Dunâša.) Tu! E la panna?

 Dunâša. Ah, Dio mio... (Se ne va veloce.)

 Firs (si dà da fare intorno alla caffettiera). Puah, che imbranata... (Borbotta tra sé.) Sono arrivati da Parigi... Anche il bàrin una volta è andato a Parigi... a cavallo... (Ride.)

Vàrâ. Firs, di cosa stai parlando?

Firs. Di cosa avete la compiacenza? (Gioioso.) La mia bàrynâ è arrivata! Non vedevo l'ora! Ora posso anche morire... (Piange di gioia.)

 Entrano Lûbóv' Andréevna, Gàev, Lopàhin e Simeonov-Pìšik; Simeonov-Pìšik con una giubba di panno sottile trapuntato e pantaloni a sbuffo. Gàev, entrando, con le braccia e con il torso fa movimenti come se giocasse a biliardo.

Lûbóv' Andréevna. Come va? Cerco di ricordare... Il giallo nell'angolo! Traversino al centro!

Gàev. Taglio l'angolo! Una volta io e te, sorella, dormivamo proprio in questa camera, e ora ho già cinquantun anni, per quanto sembri strano...

Lopàhin. Sì, il tempo corre.

Gàev. Chi?

Lopàhin. Il tempo corre, dicevo.

Gàev. Qui invece c'è odore di patchuli.

Ànâ. Vado a dormire. Buonanotte, mamma. (Dà un bacio alla madre.)

---

[3] Coffee pronunciato alla russa.

Lûbóv' Andréevna. Amatissima figlia mia. (Le bacia la mano.) Sei contenta che sono a casa? Non riesco assolutamente a tornare in me.

Ànâ. Ciao, zio.

Gàev (le dà un bacio sulla faccia, sulle mani). Il Signore sia con te. Come assomigli a tua madre! (Alla sorella.) Lûba, tu alla sua età eri esattamente così.

Ànâ dà la mano a Lopàhin e a Pìšik, se ne va e chiude la porta.

Lûbóv' Andréevna. È affaticata, molto.

Pìšik. È un viaggio lungo, certo.

Vàrâ (a Lopàhin e a Pìšik). Ebbene, signori? Sono le due passate, è proprio il caso di ritirarsi.

Lûbóv' Andréevna (ride). Sei sempre la stessa, Vàrâ. (L'attira a sé e le dà un bacio.) Finisco il caffè, poi andiamo tutti.

Firs le mette un cuscino sotto i piedi.

Grazie, caro. Sono abituata al caffè. Lo bevo di giorno e di notte. Grazie, vecchietto mio. (Dà un bacio a Firs.)

Vàrâ. Vado a vedere se hanno preso tutte le cose... (Se ne va.)

Lûbóv' Andréevna. Possibile che io sia seduta? (Ride.) Ho voglia di saltare, muovere le braccia. (Si copre la faccia con le mani.) E invece sto dormendo! Dio lo vede, io amo la patria, la amo teneramente, dal treno non potevo guardare, continuavo a piangere. (Tra le lacrime.) Eppure il caffè lo devo bere. Grazie a te, Firs, grazie, vecchietto mio. Sono così contenta che tu sia ancora vivo.

Firs. L'altroieri.

Gàev. Ci sente male.

Lopàhin. Adesso, dopo le quattro, devo partire per Har'kov. Una seccatura! Mi piacerebbe guardarvi, parlare... Siete sempre splendida.

Pìŝik (fa un sospiro profondo). È fin imbellita... Vestita alla parigina... roba da far schiattare il mio carro, tutte e quattro le ruote...

Lopàhin. Vostro fratello, Leonìd Andréič, dice di me che sono un rozzo, che sono un kulàk[4], che per me è assolutamente tutto lo stesso. Che parli pure. Vorrei soltanto che voi mi credeste come prima, che i vostri occhi stupiti, commoventi mi guardassero come prima. Dio misericordioso! Mio padre era servo della gleba da vostro nonno e da vostro padre, ma voi, voi in persona un tempo avete fatto per me così tanto, che ho dimenticato tutto e vi voglio bene come a una parente... più che a una parente.

Lûbóv' Andréevna. Non posso stare seduta, non sono in condizioni... (Salta su e cammina agitatissima.) Non sopporto questa gioia... Ridete di me, sono stupida... Il mio armadietto familiare... (Dà un bacio all'armadio.) Il mio tavolino.

Gàev. E mentre non c'eri è morta la nânâ.

Lûbóv' Andréevna (si siede e beve il caffè). Sì, il Regno dei Cieli. Me l'hanno scritto.

Gàev. Anche Anastasij è morto. Petruška lo strabico se n'è andato da me e adesso è in città e ora vive vicino alla polizia. (Prende di tasca una scatola coi leccalecca, succhia.)

Pìŝik. Figlia mia, Dàšen'ka... vi saluta...

Lopàhin. Voglio dirvi qualcosa di molto piacevole,

---

[4] Contadini benestanti che furono poi sterminati da Lenin e Stalin.

allegro. (dà un'occhiata all'orologio.) Ora parto, non ho tempo di conversare... beh, ma lo dico in due-tre parole. Già lo sapete, l'amareneto è in vendita per debiti, il ventidue agosto ci sarà l'asta, ma non preoccupatevi, mia cara, dormite tranquilla, una via d'uscita c'è... Ecco il mio piano. Vi chiedo attenzione! La vostra proprietà si trova a sole venti verste dalla città, accanto ci hanno fatto passare la ferrovia, e se si suddivide l'amareneto e la terra lungo il fiume in appezzamenti da dacie e poi le si affitta come dacie, come minimo avrete venticinquemila all'anno di entrate.

Gàev. Scusate, che sciocchezza!

Lûbóv' Andréevna. Non riesco a capirvi del tutto, Ermolàj Alekséič.

Lopàhin. Prenderete dai villeggianti come minimo venticinque rubli all'anno per *desâtina*[5], e se mettete subito l'annuncio, ve lo garantisco come volete, entro l'autunno non vi resterà nemmeno un angolino libero, la prendono tutta. Insomma, mi congratulo, siete salvi. Una posizione incantevole, il fiume è profondo. Solo, naturalmente, bisogna mettere in ordine, ripulire... per esempio, diciamo, demolire tutte le vecchie capanne, questa casa, che non serve più a niente, abbattere il vecchio amareneto...

Lûbóv' Andréevna. Abbatterlo? Mio caro, scusate, voi non capite nulla. Se in tutto il governatorato c'è qualcosa d'interessante, addirittura notevole, è proprio il nostro amareneto.

Lopàhin. Di notevole in questo amareneto c'è solo che è grandissimo. L'amareno fruttifica ogni due

---

[5] Unità di misura pari a 1,09 ettari.

anni, e poi non si sa dove mettere il raccolto, nessuno lo compra.

Gàev. Perfino nel *Dizionario enciclopedico* è citato questo amareneto.

Lopàhin (guardando l'orologio). Se non c'inventiamo nulla e non arriviamo da nessuna parte, il ventidue agosto sia l'amareneto sia l'intera proprietà saranno venduti all'asta. Decidetevi! Non c'è altra via d'uscita, ve lo giuro. No e no.

Firs. Una volta, quaranta-cinquant'anni fa, l'amarena veniva seccata, macerata, marinata, si faceva la conserva, e, a volte...

Gàev. Stai zitto, Firs.

Firs. E, a volte, l'amarena secca veniva mandata coi carri a Mosca e a Har'kov. Erano soldi! E l'amarena secca allora era morbida, succosa, dolce, fragrante... Allora sapevano il procedimento...

Lûbóv' Andréevna. E adesso questo procedimento dov'è?

Firs. Ce lo siamo dimenticati. Nessuno se lo ricorda.

Pìšik (A Lûbóv' Andréevna). Allora a Parigi? Com'è andata? Mangiate le rane?

Lûbóv' Andréevna. I coccodrilli ho mangiato.

Pìšik. Ma pensate...

Lopàhin. Finora in campagna c'erano solo signori e mužikì, e adesso sono spuntati fuori i villeggianti. Tutte le città, anche le più piccole, ora sono circondate da dacie. E si può dire che tra vent'anni i villeggianti si moltiplicheranno fino all'inverosimile. Adesso bevono solo il tè sul balcone, ma certamente può succedere che nella propria desâtina si metta a coltivare, e allora il vostro amareneto diventerà felice, ricco, lussureggiante...

Gàev (indignato). Che sciocchezza!

Entrano Vàrâ e Âša.

Vàrâ. Toh, mammina, due telegrammi per voi. (Sceglie la chiave e con rumore apre l'armadio antico.) Eccoli.

Lûbóv' Andréevna. Questo è da Parigi. (Straccia il telegramma senza leggerlo.) Con Parigi è finita...

Gàev. Ma lo sai, Lûba, quanti anni ha questo armadio? La settimana scorsa ho sfilato il cassetto basso, guardo, e ci sono pirografate le cifre. L'armadio è stato fatto esattamente cento anni fa. Che te ne pare? Eh? Si potrebbe celebrare l'anniversario. Un oggetto inanimato, eppure, comunque, è una libreria.

Pìšik (stupito). Cento anni... Pensate un po'!..

Gàev. Sì... Non è cosa da poco... (Toccando l'armadio.) Caro, stimatissimo armadio! Mi congratulo per la tua esistenza che da più di cent'anni è rivolta ai chiari ideali del bene e della giustizia; il tuo muto invito al lavoro fruttuoso non s'è indebolito nel corso di cent'anni, sostenendo (tra le lacrime) nelle generazioni della nostra schiatta ardore, fede in un futuro migliore e educando in noi gli ideali del bene e della autocoscienza sociale.

Pausa.

Lopàhin. Sì...

Lûbóv' Andréevna. Sei sempre lo stesso, Lenâ.

Gàev (un po' confuso). Di palla a destra in angolo! Taglio verso la mediana!

Lopàhin (guardando l'orologio). Beh, è ora che vada.

Âša (porge la medicina a Lûbóv' Andréevna). Magari

18

ora prendete le pillole...

Pìšik. Non bisogna prendere medicine, carissima... non fanno né bene né male... Date qui... stimatissima. (Prende le pillole, le versa sul palmo della mano, ci soffia sopra, le mette in bocca e le manda giù col kvas.) Ecco!

Lûbóv' Andréevna (spaventata). Ma siete uscito di senno!

Pìšik. Tutte le pillole ho preso.

Lopàhin. Che sproposito.

Tutti ridono.

Firs. Sono stati da noi alla Trinità, mezzo secchio di cetrioli si sono mangiati... (Borbotta.)

Lûbóv' Andréevna. Di cosa parla?

Vàrâ. Sono tre anni che borbotta così. Siamo abituati.

Âša. Veneranda età.

Charlotta Ivànovna col vestito bianco, magrissima, stretta nel corsetto, con la lorgnette alla cintola attraversa la scena.

Lopàhin. Scusate, Charlotta Ivànovna, non ho ancora fatto in tempo a salutarvi. (Vuole baciarle la mano.)

Charlotta (ritraendo la mano). A permettervi di baciarmi la mano, poi vorrete il gomito, la spalla...

Lopàhin. Oggi non è il mio giorno fortunato.

Ridono tutti.

Charlotta Ivànovna, fateci un gioco di prestigio!

Lûbóv' Andréevna. Charlotta, fateci un gioco di prestigio!

Charlotta. Non è il caso. Ho sonno. (Se ne va.)

Lopàhin. Ci vediamo fra tre settimane. (Bacia la

19

mano a Lûbóv' Andréevna.) Addio per il momento. È ora. (A Gàev.) Arrivederci. (Scambia baci con Pìšik.) Arrivederci. (Dà la mano a Vàrâ, poi a Firs e a Âša.) Non ho voglia di partire. (A Lûbóv' Andréevna.) Se pensate alle dacie e decidete, fatemelo sapere, io cinquantamila in prestito li trovo. Pensateci seriamente.

Vàrâ (arrabbiata). Ma andatevene una buona volta!

Lopàhin. Me ne vado, me ne vado... (Se ne va.)

Gàev. Rozzo. Ops, pardon... Vàrâ lo sposa, è il fidanzato di Vàrâ.

Vàrâ. Non dite una parola di troppo, zietto.

Lûbóv' Andréevna. Ma come, Vàrâ, io ne sarò contentissima. È una brava persona.

Pìšik. Una persona, per dire la verità... degnissima... E anche la mia Dàšen'ka... dice che... dice varie parole. (Russa, ma si sveglia subito.) Eppure, stimatissima, prestatemi... duecentoquaranta rubli... domani devo pagare la rata dell'ipoteca...

Vàrâ (spaventata). Non li ho, non li ho!

Lûbóv' Andréevna. Io non ho proprio nulla.

Pìšik. Li troverò. (Ride.) Non perdo mai la speranza. Ecco, penso, è tutto finito, sono morto, e invece – la ferrovia è passata dalla mia terra e... me l'hanno pagata. E magari succede qualcos'altro se non oggi domani... Dàšen'ka vince duecentomila rubli... ha il biglietto.

Lûbóv' Andréevna. Il caffè è bevuto, ci si può ritirare.

Firs (pulisce con la spazzola Gàev, con ostentazione). Ancora quei pantaloni avete messo. Cosa devo fare con voi!

Vàrâ (sottovoce). Ànâ dorme. (Apre piano la finestra.) È già sorto il sole, non fa freddo. Guardate, mammina: che alberi splendidi! Dio mio, che aria! Cantano gli storni!

Gàev (apre l'altra finestra). Il giardino è tutto bianco. Non ti sei dimenticata, Lûba? Questo vialetto lungo va dritto, dritto, come una cinghia tesa, nelle notti di luna brilla. Ti ricordi? Non ti sei dimenticata?

Lûbóv' Andréevna (guarda il giardino dalla finestra). Oh, mia infanzia, mia purezza! In questa cameretta io dormivo, guardavo il giardino da qui, la felicità si svegliava insieme a me ogni mattina, e allora il giardino era esattamente uguale, non è cambiato nulla. (Ride di gioia.) Tutto, tutto bianco! Oh, mio giardino! Dopo l'autunno buio, piovoso e l'inverno freddo di nuovo sei giovane, pieno di felicità, gli angeli del cielo non ti hanno abbandonato.... Se potessi togliermi dalle spalle e dal petto la pietra pesante, se potessi dimenticare il mio passato!

Gàev. Sì, anche il giardino lo venderanno per i debiti, per quanto sembri strano...

Lûbóv' Andréevna. Guardate, la povera mamma cammina in giardino... col vestito bianco! (Ride di gioia.) È lei.

Gàev. Dove?

Vàrâ. Il Signore sia con voi, mammina.

Lûbóv' Andréevna. Non c'è nessuno, mi sembrava. A destra, alla curva verso il padiglione, un alberello bianco è piegato come una donna...

Entra Trofîmov, con un'uniforme da studente consunta, con gli occhiali.

Che giardino meraviglioso! Le masse bianche dei

fiori, il cielo azzurro...
Trofîmov. Lûbóv' Andréevna!

Lei si è voltata a guardarlo.

Solo un piccolo saluto e me ne vado subito. (Le bacia calorosamente la mano.) Mi era stato ordinato di aspettare fino a domattina, ma non ho avuto abbastanza pazienza...

Lûbóv' Andréevna lo guarda senza capire.

Vàrâ (tra le lacrime). È Pétâ Trofîmov...
Trofîmov. Pétâ Trofîmov, ex maestro del vostro Grìša... Possibile, sono cambiato tanto?

Lûbóv' Andréevna lo abbraccia e piange piano.

Gàev (confuso). Basta, basta, Lûba.
Vàrâ (piange). E sì che ve lo dicevo, Pétâ, di aspettare domani.
Lûbóv' Andréevna. Il mio Grìša... il mio bambino... Grìša... figlio...
Vàrâ. Su, mammina, che fare. È la volontà di Dio.
Trofîmov (molle, tra le lacrime). Basta, basta...
Lûbóv' Andréevna (piange piano). Un bambino è morto, è annegato... Per cosa? Per cosa, amico mio? (Più piano.) Là c'è Ànâ che dorme, e io parlo forte... faccio rumore... E allora, Pétâ? Come mai siete così imbruttito? Come mai siete invecchiato?
Trofîmov. Sul treno una baba mi ha chiamato così: il bàrin spelacchiato.
Lûbóv' Andréevna. Allora eravate ancora un bambino, un tenero studentino, e adesso i capelli non sono folti, gli occhiali. Sarete mica ancora studente? (Va alla porta.)
Trofîmov. Evidentemente sono un eterno studente.
Lûbóv' Andréevna (Dà un bacio al fratello, poi a

Vàrâ). Su, andate a dormire... Sei invecchiato anche tu, Leonìd.

Pìšik (le va dietro). Quindi, adesso a dormire... Ohi, la mia pellagra. Resto da voi... Lûbóv' Andréevna, anima mia, domattina avrei bisogno... di duecentoquaranta rubli...

Gàev. E questo continua con la sua solfa.

Pìšik. Duecentoquaranta rubli... pagare gli interessi sull'ipoteca.

Lûbóv' Andréevna. Non ho soldi, piccioncino.

Pìšik. Ve li rendo, cara... È una somma ridicola...

Lûbóv' Andréevna. Beh, d'accordo, ve li dà Leonìd... Daglieli tu, Leonìd.

Gàev. Se glieli do, col cavolo poi.

Lûbóv' Andréevna. Cosa vuoi fare, daglieli... Ne ha bisogno... Te li rende.

Lûbóv' Andréevna, Trofìmov, Pìšik e Firs se ne vanno. Restano Gàev, Vàrâ e Âša.

Gàev. Mia sorella non ha ancora perso l'abitudine di buttare via i soldi. (A Âša.) Allontànati, caro, puzzi di gallina.

Âša (derisorio). E voi, Leonìd Andréič, siete sempre lo stesso.

Gàev. Chi? (A Vàrâ.) Cos'ha detto?

Vàrâ (A Âša). Tua madre è venuta dal paese, è da ieri che se ne sta nelle stanze della servitù, vuole vederti...

Âša. Ma che se ne vada con Dio!

Vàrâ. Ah, svergognato!

Âša. Ci voleva proprio. Poteva anche venire domani. (Se ne va.)

Vàrâ. La mammina è sempre la stessa, non è

cambiata affatto. Fosse per lei, darebbe via tutto.

Gàev. Già...

Pausa.

Se contro una malattia propongono molti preparàti, vuol dire che la malattia è incurabile. Io penso, tendo il cervello, ho molti preparàti, moltissimi e, quindi, in sostanza non ne ho nessuno. Sarebbe bello ricevere un'eredità da qualcuno, sarebbe bello sposare la nostra Ànâ a una persona molto ricca, sarebbe bello andare a Âroslavl' e tentare la fortuna dalla zia contessa. La zia è molto, molto ricca.

Vàrâ (piange). Se Dio ci desse una mano.

Gàev. Non piangere. La zia è molto ricca, ma non ci vuole bene. La sorella, in primo luogo, s'è sposata con un avvocato, non con un nobile...

Ànâ si mostra sulla soglia.

Non si è sposata con un nobile e non si può dire che si sia comportata con molta benevolenza. È buona, cara, simpatica, le voglio molto bene ma, per quante circostanze attenuanti si possano escogitare, bisogna però ammettere che qualche difetto ce l'ha. Lo si percepisce dai suoi minimi movimenti.

Vàrâ (sussurrando). Ànâ è sulla soglia.

Gàev. Chi?

Pausa.

È stupefacente, qualcosa m'è finito nell'occhio destro... ci vedo peggio. E giovedì, quand'ero alla corte distrettuale...

Entra Ànâ.

Vàrâ. Come mai non dormi, Ànâ?

Ànâ. Non ho sonno. Non riesco.

Gàev. Briciolina mia. (Dà un bacio ad Ànâ in faccia,

24

sulle mani.) Bambina mia... (Tra le lacrime.) Tu non sei una nipote, sei il mio angelo, sei tutto per me. Credimi, credimi...

Ànâ. Ti credo, zio. Tutti ti vogliono bene, ti stimano... ma, caro zio, devi stare zitto, solo stare zitto. Cos'hai appena detto di mia mamma, di tua sorella? A che pro l'hai detto?

Gàev. Già, già... (Si copre la faccia con la mano di lei.) Davvero, è una cosa orribile! Dio mio! Dio, salvami! E oggi ho fatto il discorso davanti alla libreria... che stupido! E solo quando ho finito mi sono reso conto che è stupido.

Vàrâ. Davvero, zietto, dovreste stare zitto. State zitto e basta.

Ànâ. Se starai zitto, sarai tu il primo a stare più tranquillo.

Gàev. Sto zitto. (Bacia le mani ad Ànâ e Vàrâ.) Sto zitto. Solo una cosa di lavoro. Giovedì ero alla corte distrettuale, s'era creata una compagnia, s'è cominciato a parlare di questo, di quello, così e cosà, e, mi sembra, si potrà avere un prestito con cambiali per pagare gli interessi alla banca.

Vàrâ. Se il Signore ci aiutasse!

Gàev. Martedì vado a parlare ancora. (A Vàrâ.) Non piangere. (Ad Ànâ.) Tua madre parlerà con Lopàhin; a lei certo non dirà di no... E tu, appena sei riposata, vai a Âroslavl' dalla contessa, tua nonna. Così agiremo su tre fronti – e ce la faremo. Gli interessi li pagheremo, ne sono convinto... (Si mette in bocca un leccalecca.) Sul mio onore, su quello che vuoi, giuro, il podere non sarà venduto! (Appassionato.) Lo giuro sulla mia felicità! Eccoti la mia mano, chiamami buono a nulla, uomo senza onore se lascerò che si faccia l'asta! Lo giuro con tutto me stesso!

Ànâ (le è tornato l'umore tranquillo, è felice). Come sei buono, zio, come sei intelligente! (Abbraccia lo zio.) Ora sono tranquilla! Son tranquilla! Son felice!

Entra Firs.

Firs (con tono di rimprovero). Leonìd Andréič, non avete timore di Dio! E quand'è che dormite?

Gàev. Adesso, adesso. Tu vattene, Firs. Allora, io sto già per spogliarmi. Beh, ragazzi, bye bye... I dettagli domani, e ora andate a dormire. (Dà un bacio ad Ànâ e Vàrâ.) Sono una persona degli anni Ottanta... Non è un periodo di cui si parla bene, ma posso dire però, di convinzioni me ne sono toccate non poche nella vita. Non a caso il mužìk mi vuole bene. Il mužìk, bisogna conoscere! Bisogna sapere da che...

Ànâ. Di nuovo tu, zio!

Vàrâ. Zietto, state zitto.

Firs (arrabbiato). Leonìd Andréič!

Gàev. Vengo, vengo... Andate a letto. Sponda doppia e poi al centro! Boccia nuova... (Se ne va, dietro di lui trotterella Firs.)

Ànâ. Ora sono tranquilla. A Âroslavl' non ho voglia d'andarci, non voglio bene alla nonna, ma comunque sono tranquilla. Grazie allo zio. (Si siede.)

Vàrâ. Bisogna dormire. Vado. Quando tu non c'eri qui abbiamo avuto delle proteste. Nella vecchia stanza dei servi, come sai, vivono solo servi vecchi: Efim'ûška, Polâ, Evstignej, e poi Karp. Si sono messi a far dormire da loro persone di passaggio – io sono stata zitta. Solo che però vengo a sapere che hanno messo in giro la voce che io ho dato ordine di dare

26

loro da mangiare solo piselli. Per avarizia, capisci... E questo è sempre Evstignej... Bene, penso. Se è così, penso, allora aspetta. Chiamo Evstignej... (Sbadiglia.) Arriva... Ma cosa fai, dico, Evstignej... ma che cretino che sei... (Dà un'occhiata ad Ànâ.) Ànečka!..
Pausa.
S'è addormentata!.. (Prende Ànâ sottobraccio.) Andiamo nel lettuccio... Andiamo!.. (La porta.) La mia animuccia s'è addormentata! Andiamo...
Vanno.
Lontano oltre il giardino un pastore suona il piffero.
Trofîmov attraversa la scena e, vedendo Vàrâ e Ànâ,
si ferma.
Sssst... Dorme... dorme... Andiamo, cara.

Ànâ (piano, nel dormiveglia). Sono così stanca... Tutti i campanellini... Zio... caro... e la mamma e lo zio...

Vàrâ. Andiamo, cara, andiamo... (Se ne vanno in camera di Ànâ.)

Trofîmov (intenerita). Il mio solicello! La mia primavera!

Sipario

Secondo atto

Campo. Una vecchia cappella ricurva, da tempo abbandonata, accanto un pozzo, grandi pietre, che un tempo erano, evidentemente, lastre tombali, e una

27

vecchia panchina. Si vede la strada verso il possedimento di Gàev. Da una parte, sovrastando, scureggiano i pioppi: là comincia l'amareneto. Lontano una serie di pali del telegrafo, e in fondo in fondo all'orizzonte si delinea poco nitida una grande città visibile solo quando l tempo è molto buono, limpido. Sta per tramontare il sole. Charlotta, Âša e Dunâša sono sedute sulla panchina; Epihòdov sta accanto e suona la chitarra; sono tutti pensierosi. Charlotta ha un vecchio berretto militare; s'è tolta dalla spalla il fucile e s'aggiusta la fibbia della cintura.

Charlotta (pensierosa). Non ho un vero passaporto, non so quanti anni ho, e mi sembra sempre di essere una giovinetta. Quand'ero una bambina piccola, mio padre e mia madre giravano per le fiere e facevano spettacoli, molto belli. E io facevo il salto mortale e pezzi vari. E quando papà e mamma sono morti, mi ha preso con sé una signora tedesca e s'è messa a darmi lezioni. Bene. Sono cresciuta, poi ho cominciato ad andare come governante. Ma da dove vengo e chi sono – non lo so... Chi sono i miei genitori, magari non erano sposati... non so. (Prende di tasca un cetriolo e mangia.) Non so nulla.

Pausa.

Ho tanto voglia di parlare, ma non ho con chi farlo... Non ho nessuno.

Epihòdov (suona la chitarra e canta). «Che m'importa del mondo rumoroso, che m'importa di amici e nemici...» Com'è piacevole suonare il mandolino!

Dunâša. È una chitarra, non un mandolino. (Si

guarda allo specchietto e s'incipria.)

Epihòdov. Per un folle che s'è innamorato è un mandolino... (Canticchia.) «Sarebbe il cuore riscaldato dal calore di un amore ricambiato...»

Âša canticchia.

Charlotta. Cantano da schifo questi maschi... pfui! Come sciacalli.

Dunâša (a Âša). Ma che fortuna andare all'estero.

Âša. Sì, certo. Non posso non concordare con voi. (Sbadiglia, poi s'accende un sigaro.)

Epihòdov. Naturalmente. All'estero è tutto da tempo in piena forma.

Âša. Ovviamente.

Epihòdov. Sono una persona evoluta, leggo molti libri notevoli, ma non riesco affatto a capire la direzione che ho voglia di prendere, se vivere o se spararmi, in senso stretto, ma comunque porto sempre con me un revolver. Eccolo... (Mostra il revolver.)

Charlotta. Ho finito. Ora vado. (Si mette a tracolla il fucile.) Tu, Epihòdov, sei una persona molto intelligente e molto spaventosa; le donne devono amarti alla follia. Brrr! (Va.) Questi intelligentoni sono così stupidi, non ho con chi parlare... Son sempre sola, sola, non ho nessuno e... e chi sono, a che pro, non lo so... (Se ne va senza fretta.)

Epihòdov. In senso stretto, senza toccare altri argomenti, devo dire su di me, tra l'altro, che il destino mi tratta senza pietà, come una tempesta con una nave piccola. Se, supponiamo, mi sbaglio, come mai stamattina mi sveglio, per esempio, guardo, e sul petto ho un ragno di grandezza spaventosa... Grosso così. (Fa vedere con le mani.) E anche prendi il kvas per bere, e lì, guardi, c'è qualcosa di oltremodo sconveniente, tipo uno scarafaggio.

Pausa.

Avete letto Buckle?

Pausa.

Vorrei disturbarvi, Avdòt'â Fëdorovna, per due parole.

Dunâša. Dite.

Epihòdov. Se possibile vorrei essere solo con voi... (Sospira.)

Dunâša (confusa). Va bene... però prima portatemi la mia mantellina... È vicino all'armadio... c'è un po' di umido...

Epihòdov. Benissimo... la porto subito... Ora so cosa fare del mio revolver... (Prende la chitarra e se ne va, suonacchiando.)

Âša. Ventidue sfortune! Una persona stupida, detto tra noi. (Sbadiglia.)

Dunâša. Dio non voglia che si spari.

Pausa.

Sono diventata ansiosa, sto sempre sul chivalà. Fin da bambina mi hanno portata dai signori, non sono più abituata alla vita semplice, e ho le mani bianche bianche come una bàryšnâ[6]. Tenera sono diventata, così delicata, nobile, ho paura di tutto... È spaventoso. E se voi, Âša, mi tradirete, non so cosa ne sarà dei miei nervi.

Âša (le dà un bacio). Cetriolino! Certo, ogni fanciulla deve avere coscienza, e a me meno di tutto piace

---

[6] Una signorina, una giovane donna appartenente al ceto dei signori.

30

quando una fanciulla si comporta male.

Dunâša. Mi sono innamorata appassionatamente di voi, siete cólto, sapete ragionare su tutto.

Pausa.

Âša (sbadiglia). Sissignora... Secondo me è così: se una fanciulla ama qualcuno, è scostumata.

Pausa.

È piacevole fumare il sigaro all'aria pura... (Si mette ad ascoltare.) Vengono qui... Sono i signori...

Dunâša lo abbraccia d'impulso.

Andate a casa, come se foste andato a fare il bagno nel fiume, andate per questo sentiero, se no vi vedono pensano che io sia qui a un appuntamento con voi. Non lo posso sopportare.

Dunâša (tossisce piano). M'è venuto malditesta per il sigaro... (Se ne va.)

Âša resta, siede vicino alla cappella. Entrano Lûbóv'
Andréevna, Gàev e Lopàhin.

Lopàhin. Bisogna prendere la decisione finale – non c'è tempo da perdere. La domanda è del tutto vacua. Siete disposta ad affittare la terra per le dacie o no? Rispondete una parola: sì o no? Una sola parola!

Lûbóv' Andréevna. Chi c'è che fuma sigari ributtanti... (Si siede.)

Gàev. Ecco, la ferrovia l'han costruita, ed è diventata una comodità. (Si siede.) Siamo andati in città a fare colazione... la gialla al centro! Prima voglio andare a casa, giocare una partita...

Lûbóv' Andréevna. Fai in tempo.

Lopàhin. Una sola parola! (Supplichevole.) Datemi una risposta!

Gàev (sbadigliando). Chi?

31

Lûbóv' Andréevna (guarda nel portamonete). Ieri c'erano molti soldi, oggi invece pochissimi. La mia povera Vàrâ per risparmiare dà a tutti minestra al latte, in cucina ai vecchi danno solo piselli, e io spendo in modo insensato... (Lascia cadere il portamonete, ha sparpagliato le monete d'oro.) Oh, si sono sparse... (È seccata.)

Âša. Permettete, le raccolgo io. (Raccoglie le monete.)

Lûbóv' Andréevna. Siate buono, Âša. E perché sono andata fuori a colazione... Il vostro schifoso ristorante con la musica, le tovaglie profumano di sapone... Perché bere così tanto, Lenâ? Perché mangiare così tanto? Perché parlare così tanto? Oggi al ristorante hai di nuovo parlato molto e a sproposito. Degli anni Settanta, dei decadenti. E a chi? Ai camerieri parlare dei decadenti!

Lopàhin. Già.

Gàev (Scaccia il pensiero con la mano). Sono incorreggibile, è evidente... (Indispettito a Âša.) Che fai, mi giri sempre davanti agli occhi...

Âša (ride). Non riesco a sentire la vostra voce senza ridere.

Gàev (alla sorella). O lui, o io...

Lûbóv' Andréevna. Andatevene, Âša, camminate...

Âša (restituisce a Lûbóv' Andréevna il portamonete). Ora me ne vado. (Si trattiene a stento dal ridere.) Subitissimo... (Se ne va.)

Lopàhin. Il vostro podere si appresta a comprarlo il ricco Deriganov. Dicono che all'asta verrà di persona.

Lûbóv' Andréevna. E voi da dove l'avete sentito

dire?

Lopàhin. Lo dicono in città.

Gàev. La zia di Âroslavl' ha promesso di mandare soldi, ma quando e quanto manderà non si sa...

Lopàhin. Quanto manderà? Centomila? Duecento?

Lûbóv' Andréevna. Uh... Dieci-quindicimila, a esser generosi.

Lopàhin. Scusate, persone frivole come voi, signori, così prive di senso pratico, così strane non ne avevo mai incontrate. Vi dicono in russo che il vostro podere è in vendita, e sembra che non capiate.

Lûbóv' Andréevna. Perché, cosa possiamo fare? Ditecelo voi, cosa?

Lopàhin. Ve lo dico tutti i giorni. Tutti i giorni dico sempre la stessa cosa. Sia l'amareneto sia la terra è indispensabile darli in affitto per costruire dacie, farlo immediatamente, subito – l'asta ce l'avete davanti al naso! Rendetevi conto! Una volta che decidete definitivamente di fare le dacie, di soldi ve ne daranno quanti ne volete, e allora siete salvi.

Lûbóv' Andréevna. Le dacie e i villeggianti – sono cose così volgari, scusate.

Gàev. Sono del tutto d'accordo con te.

Lopàhin. O scoppio in singhiozzi, o mi metto a urlare, o svengo. Non ce la faccio! Mi fate morire! (A Gàev.) Siete una baba!

Gàev. Chi?

Lopàhin. Baba! (Vuole andarsene.)

Lûbóv' Andréevna (spaventata). No, non andatevene, restate, piccioncino. Vi prego. Magari ci verrà in mente qualcosa!

Lopàhin. Cosa potrà mai venire in mente!

Lûbóv' Andréevna. Non andatevene, ve ne prego. Con voi comunque c'è più allegria...

Pausa.

Io aspetto sempre qualcosa, come se dovesse crollarci addosso la casa.

Gàev (profondamente pensieroso). Doppietta nell'angolo... Croisée al centro...

Lûbóv' Andréevna. Abbiamo già commesso molti peccati...

Lopàhin. Che peccati avete...

Gàev (si mette in bocca un leccalecca). Dicono che io mi sia mangiato tutta la mia fortuna in leccalecca... (Ride.)

Lûbóv' Andréevna. Oh, i miei peccati... Ho sempre sperperato soldi senza ritegno come una forsennata, e ho sposato una persona che ha fatto solo debiti. Mio marito è morto di champagne – beveva in modo spaventoso – e per sfortuna mi sono innamorata d'un altro, ci siamo messi insieme, e proprio in questo momento, – è stata la prima punizione, un colpo dritto in testa – proprio qui al fiume... è annegato il mio bambino, e io me ne sono andata all'estero, me ne sono andata proprio, per non tornare mai, non vedere questo fiume... Ho chiuso gli occhi, sono scappata fuori di me, e lui dietro... senza pietà, con rozzezza. Ho comprato una villa vicino a Menton, perché lui ci si è ammalato, e per tre anni non ho conosciuto riposo né giorno né notte; il malato mi tormentava, mi si è prosciugata l'anima. E l'anno scorso, quando abbiamo venduto la villa per debiti, me ne sono andata a Parigi, e lui lì mi ha derubato, mi ha lasciata, s'è messo con un'altra, ho cercato di avvelenarmi... Che sciocchezza, che vergogna... E d'un tratto m'è venuta voglia di venire in Russia, in patria, dalla mia bambina... (Si asciuga le lacrime.) Signore, Signore, abbi pietà, perdonami i miei peccati! Non punirmi più! (Prende di tasca un telegramma.) L'ho ricevuto oggi da Parigi... Chiede perdono, supplica di tornare... (Straccia il telegramma.) Mi sembra di sentire una musica. (Si mette ad ascoltare.)

Gàev. È la nostra famosa orchestra ebraica. Ricordi, quattro violini, flauto e contrabbasso.

Lûbóv' Andréevna. Esiste ancora? Sarebbe bello farla venire da noi una volta, organizzare una festa.

Lopàhin (si mette ad ascoltare). Non sento... (Canticchia piano.) «E per i soldi di un russo i tedeschi si francesizzano». (Ride.) Ieri a teatro ho visto una pièce, ho riso moltissimo.

Lûbóv' Andréevna. E in realtà non c'è niente da ridere. Non dovreste guardare commedie, ma guardare di più voi stesso. Come vivete in modo grigio, quante cose inutili dite.

Lopàhin. È vero. Bisogna dirlo chiaro, facciamo una vita stupida...

Pausa.

Il mio papino era un mužìk, un idiota, non capiva nulla, non mi ha insegnato nulla, ma solo mi picchiava da ubriaco, e sempre col bastone. In sostanza io sono un ciocco idiota come lui. Non ho studiato nulla, ho una grafia schifosa, scrivo in un modo che come un maiale mi vergogno della gente.

Lûbóv' Andréevna. Avete bisogno di sposarvi, amico mio.

35

Lopàhin. Sì... È vero.

Lûbóv' Andréevna. Con la nostra Vàrâ magari. È una brava ragazza.

Lopàhin. Sì.

Lûbóv' Andréevna. È di quelle semplici, lavora tutto il giorno, e soprattutto vi ama. E anche a voi piace da un pezzo.

Lopàhin. Che dire? Non ho nulla in contrario... È una brava ragazza.

Pausa.

Gàev. Mi offrono un posto in banca. Seimila all'anno... Hai sentito?

Lûbóv' Andréevna. Ma dove! Sta' buono...

Firs entra; ha portato un cappotto.

Firs (A Gàev). Abbiate la bontà, signore, di metterlo, c'è umido.

Gàev (mette il cappotto). M'hai stufato, tu.

Firs. Non è il caso... Stamattina siete uscito senza dirmelo. (Si volta a guardarlo.)

Lûbóv' Andréevna. Come sei invecchiato, Firs!

Firs. Cosa ha la bontà di dire?

Lopàhin. Dicono che sei molto invecchiato!

Firs. È tanto che vivo. Stavano per farmi sposare che il vostro paparino non era ancora nato... (Ride.) Ma è venuta la libertà che ero già maggiordomo. Allora non ho accettato la libertà, sono rimasto a padrone...

Pausa.

E ricordo che erano tutti contenti, ma contenti di cosa non lo sapevano nemmeno loro.

Lopàhin. Prima era molto bello. Almeno ci si batteva a duello.

Firs (non ha sentito). Ci puoi scommettere. I mužikì

36

dai signori, i signori coi mužikì, adesso invece è tutto separato, non ci si capisce niente.

Gàev. Sta' zitto, Firs. Domani devo andare in città. Mi hanno promesso di presentarmi a un generale che può farmi una cambiale.

Lopàhin. Non ce la fate. E non pagherete gli interessi, state tranquillo.

Lûbóv' Andréevna. È solo un delirio. Non esiste nessun generale.

Entrano Trofìmov, Ànâ e Vàrâ.

Gàev. Eh ecco che arrivano i nostri.

Ànâ. La mamma è seduta.

Lûbóv' Andréevna (tenera). Va', va'... Mie care... (Abbracciando Ànâ e Vàrâ.) Se sapeste quanto vi voglio bene. Sedetevi vicino, così.

Tutti siedono.

Lopàhin. Il nostro eterno studente passeggia sempre con le bàryšni.

Trofìmov. Non è affar vostro.

Lopàhin. Ha quasi cinquant'anni e fa ancora lo studente.

Trofìmov. Smettete con le vostre battute stupide.

Lopàhin. Ma cretino, che fai, t'arrabbi?

Trofìmov. E tu non provocare.

Lopàhin (ride). Permettete di domandarvi, come la pensate di me?

Trofìmov. Ermolàj Alekséič, io la penso così: siete ricco, presto sarete milionario. E dato che per ragioni di metabolismo ci vuole una bestia da preda che mangi tutto quello che le càpita davanti, sei necessario anche tu.

Tutti ridono.

Vàrâ. Pétâ, voi è meglio che parliate dei pianeti.

Lûbóv' Andréevna. No, dai, continuiamo il discorso di ieri.

Trofîmov. Su cosa?

Gàev. Sulle persone orgogliose.

Trofîmov. Ieri abbiamo parlato tanto, ma non abbiamo concluso nulla. Secondo voi nelle persone orgogliose c'è un che di mistico. Magari a modo vostro avrete ragione, ma a giudicare con semplicità, senza pensieri nascosti, se una persona fisiologicamente è fatta male, se nella stragrande maggior parte dei casi è rozza, ottusa, profondamente infelice, ma quale orgoglio? vi sembra che abbia senso? Bisogna smetterla d'entusiasmarsi di sé. Bisognerebbe solo lavorare.

Gàev. Muori comunque.

Trofîmov. Chissà? E cosa significa – muori? Magari l'uomo ha cento sensi e con la morte ne muoiono solo i cinque che conosciamo, mentre gli altri novantacinque restano vivi.

Lûbóv' Andréevna. Come siete intelligente, Pétâ!..

Lopàhin (ironico). Da morire!

Trofîmov. L'umanità va avanti, perfezionando le proprie capacità. Tutto ciò che le è irraggiungibile ora un tempo sarà vicino, comprensibile, però bisogna lavorare, aiutare con tutte le forze chi cerca la verità. Da noi, in Russia, per ora lavorano in pochissimi. La stragrande maggioranza di quell'intellighenzia che conosco non cerca nulla, non fa nulla e per ora non è abile al lavoro. Si definiscono intellettuali, ma alla servitù danno del tu, trattano i mužikì come bestie, studiano male, non leggono nulla di serio, non fanno un accidente, di scienza si limitano a parlare, d'arte capiscono poco. Sono tutti seri, hanno tutti facce severe, parlano tutti solo di cose importanti, filosofano, e intanto sotto gli occhi di tutti gli operai mangiano da schifo, dormono senza cuscino, a trenta, quaranta per stanza, cimici dappertutto, fetore, umidità, impurità morale... E, evidentemente, tutti i bei discorsi che facciamo servono solo a distrarre gli occhi a noi stessi e agli altri. Fatemi vedere dove sono gli asili di cui si parla così tanto e così spesso, dove sono le sale di lettura? Ne scrivono solo nei romanzi, di fatto non ce n'è affatto. C'è solo fango, volgarità, asiaticità... Ho paura, non mi piacciono le facce serissime, mi fanno paura i discorsi seri. È meglio che stiamo zitti!

Lopàhin. Sapete, io mi alzo prima delle cinque di mattina, lavoro dal mattino alla sera, beh, ho sempre soldi miei e altrui, e lo vedo che gente c'è in giro. Basta mettersi a fare qualcosa per capire quanto siano poche le persone oneste, perbene. A volte, quando non riesco a dormire, penso: Signore, ci hai dato foreste sterminate, campi vastissimi, orizzonti sconfinati e, vivendo qui, noi in realtà dovremmo essere dei giganti...

Lûbóv' Andréevna. Voi sentite il bisogno dei giganti... Solo nelle fiabe sono buoni, per il resto fanno paura.

Nel profondo della scena passa Epihòdov e suona la chitarra.

(Pensierosa.) Arriva Epihòdov...

Ànâ (pensierosa). Arriva Epihòdov...

Gàev. Il sole è tramontato, signori.

Trofìmov. Già.

Gàev (piano, come declamando). O natura, prodigiosa, brilli di splendore eterno, splendida e indifferente, tu che noi chiamiamo madre, coniughi in te esistenza e morte, tu vivi e distruggi...

Vàrâ (supplichevole). Zietto!

Ànâ. Di nuovo, zio!

Trofìmov. Fareste meglio a piazzare la gialla al centro con una douplette.

Gàev. Sto zitto, sto zitto.

Tutti stanno seduti, pensierosi. Silenzio. Si sente solo Firs che borbotta piano. D'un tratto risuona un rumore lontano, come dal cielo, il suono di una corda spezzata, che s'estingue, triste.

Lûbóv' Andréevna. Questo cos'è?

Lopàhin. Non so. Lontano da qualche parte nelle miniere s'è rotto un mastello. Ma in un posto molto lontano.

Gàev. O forse un uccello... una specie d'airone.

Trofìmov. O un gufo...

Lûbóv' Andréevna (ha un sussulto). Chissà perché è sgradevole.

Pausa.

Firs. Anche prima della catastrofe è successo: e la civetta gridava, e il samovàr fischiava senza sosta.

Gàev. Prima di quale catastrofe?

Firs. Prima della libertà.

Pausa.

Lûbóv' Andréevna. Sapete, amici, andiamo, fa già sera. (Ad Ànâ.) Hai le lacrime agli occhi... Cos'hai, bambina? (La abbraccia.)

Ànâ. Così, mamma. Nulla.

40

Trofìmov. Arriva qualcuno.

 Compare Passante con un berretto bianco consunto
    con visiera e un cappotto; è leggermente ubriaco.

Passante. Permettete di domandare, per la stazione
vado bene dritto di qui?

Gàev. Va bene. Prendete questa strada.

Passante. Vi sono sentitamente riconoscente. (Dà un
colpo di tosse.) Il tempo è stupefacente... (Declama.)
Fratello mio, fratello sofferente... esci sulla Volga, il
cui gemito... (A Vàrâ.) Madmuazél[7], favorite trenta
copeche a un russo affamato...

            Vàrâ si è spaventata, urla.

Lopàhin (arrabbiato). Anche il più grande scandalo
ha la sua decenza!

Lûbóv' Andréevna (agitandosi). Prendete... eccovi...
(Cerca nel portamonete.) D'argento non ne ho... Fa
niente, eccovene una d'oro...

Passante. Vi sono sentitamente riconoscente! (Se ne
va.)

                  Risate.

Vàrâ (spaventata). Io me ne vado... me ne vado... Ah,
mammina, a casa la servitù non ha nulla da mangiare,
e voi gli avete dato una moneta d'oro.

Lûbóv' Andréevna. Cosa vuoi mai fare di me,
stupida! A casa ti do tutto quello che ho. Ermolàj
Alekséič, fatemi un altro prestito!..

Lopàhin. Obbedisco.

Lûbóv' Andréevna. Andiamo, signori, è ora. Vàrâ,
oggi qui ti abbiamo promessa in sposa, auguri.

Vàrâ (tra le lacrime). Non si scherza su questo,
mamma.

---

[7] **Pronuncia russa di mademoiselle.**

Lopàhin. Ohmelia[8], va' in monastero...

Gàev. A me tremano già le mani: non gioco a biliardo da troppo tempo.

Lopàhin. Ohmelia, o ninfa, ricordami nelle tue preghiere!

Lûbóv' Andréevna. Andiamo, signori. È quasi ora di cena.

Vàrâ. Mi ha fatto paura. Ho il cuore che batte forte.

Lopàhin. Vi ricordo, signori: il ventidue agosto verrà venduto l'amareneto. Pensateci!.. Pensate!..

Se ne vanno tutti tranne Trofîmov e Ànâ.

Ànâ (ridendo). Grazie al passante che ha spaventato Vàrâ, ora siamo soli.

Trofîmov. Vàrâ ha paura che noi potremmo innamorarci uno dell'altra, e per giornate intere non ci lascia soli. Con la sua testolina stretta non può capire che noi siamo sopra l'amore. Superare ciò che di meschino e spettrale impedisce d'essere liberi e felici – ecco lo scopo e il senso della nostra vita. Avanti! Andiamo irresistibilmente verso la stella brillante che splende lassù. Avanti! Non restiamo indietro, amici!

Ànâ (congiungendo le mani). Come parlate bene!

Pausa.

Oggi qui è un incanto!

Trofîmov. Già, il tempo è incantevole.

Ànâ. Cos'avete fatto di me, Pétâ, come mai non amo più l'amareneto come prima. Lo amavo tanto, mi sembrava che sulla terra non ci fosse un posto migliore del nostro giardino.

Trofîmov. Tutta la Russia è il nostro giardino. La

---

[8] Incrocio tra Ofelia e il verbo russo hmelet', ubriacarsi.

terra è grande e bellissima, ci sono tanto luoghi meravigliosi.

Pausa.

Pensate, Ànâ: vostro nonno, bisnonno e tutti i nostri antenati erano proprietari che possedevano anime vive, e possibile che da ciascun amareno del giardino, da ciascuna foglia, da ciascun ramo non vi guardino esseri umani, possibile che non sentiate le voci... possedere anime vive – chiaramente ciò ha fatto degenerare tutti voi che avete vissuto prima e che vivete adesso, così che vostra madre, voi, lo zio non vi rendete più conto che vivete in debito, a spese degli altri, a spese di quelle persone che non lasciate uscire oltre l'anticamera. Siamo indietro di almeno due secoli, non abbiamo ancora nulla, non abbiamo un rapporto preciso col passato, filosofiamo e basta, ci lamentiamo dell'angoscia o beviamo vodka. È così chiaro, per cominciare a vivere nel presente prima di tutto bisogna riscattare il nostro passato, farla finita, e riscattarlo è possibile solo con la sofferenza, solo con la fatica straordinaria, ininterrotta. Capitelo, Ànâ. Ànâ. La casa in cui viviamo da tempo non è più nostra, e io me ne vado, vi do la mia parola.

Trofîmov. Se avete le chiavi della proprietà, buttatele nel pozzo e andatevene. Siate libera come il vento.

Ànâ (entusiasta). Come avete detto bene!

Trofîmov. Credetemi, Ànâ, credetemi! Non ho ancora trent'anni, sono giovane, sono ancora studente, ma ne ho già sopportate tante! Come viene l'inverno, io sono affamato, malato, inquieto, povero come un mendicante, e – il destino m'ha sbattuto ovunque, sono stato in ogni angolo! E tuttavia la mia

43

anima sempre in ogni momento giorno e notte è
stata piena di presentimenti inspiegabili. Presento la
felicità, Ànâ, la vedo già...
Ànâ (pensierosa). Sorge la luna.
   Si sente Epihòdov che suona la chitarra sempre la
stessa canzone triste. Sorge la luna. Da qualche parte
   vicino ai pioppi Vàrâ cerca Ànâ e chiama: «Ànâ!
                     Dove sei?»
Trofîmov. Già, sorge la luna.
                       Pausa.
Ecco la felicità, ecco che arriva, si avvicina sempre di
più, ne sento già i passi. E se non la vediamo, se non
la riconosciamo, che peccato! La vedranno gli altri!
        Voce di Vàrâ: : «Ànâ! Dove sei?»
Di nuovo questa Vàrâ! (Arrabbiata.) È scandaloso!
Ànâ. Ecchessarà? Andiamo al fiume. È bello, là.
Trofîmov. Andiamo.
                      Vanno.
           Voce di Vàrâ: «Ànâ! Ànâ!»

                      Sipario

Terzo atto

Il salotto separato con un arco dalla sala. I lampadari
     splendono. Si sente che in anticamera suona
l'orchestra ebraica, quella stessa a cui si fa cenno nel
     secondo atto. È sera. Nella sala ballano il
grand-rond. Voce di Simeonov-Pîŝik: «Promenade à

                        44

une paire!» Escono in salotto: nella prima coppia
Pìŝik e Charlotta Ivànovna, nella seconda –
Trofîmov e Lûbóv' Andréevna, nella terza – Ànâ con
un funzionario postale, nella quarta – Vàrâ col
capostazione e così via. Vàrâ piange piano e,
ballando, si asciuga le lacrime. Nell'ultima coppia c'è
Dunâŝa. Vanno per il salotto, Pìŝik grida:
«Grand-rond, balancez!» e «Les cavaliers à genoux et
remerciez vos dames».
Firs in frac tiene sul vassoio l'acqua di Selters.
Entrano in salotto Pìŝik e Trofîmov.

Pìŝik. Sono sanguigno, ho già avuto due due volte un colpo, faccio fatica a ballare ma, come si dice, se finisci nel branco, abbaia non abbaiare, ma la coda menala. Ho una salute da cavallo. Il mio povero genitore, che amava scherzare, a lui il Regno dei Cieli, a proposito della nostra origine diceva che l'antica schiatta nostra dei Simeonov-Pìŝik discende dallo stesso cavallo che Caligola aveva messo al Senato... (Si siede.) Ma ecco il problema: non ho soldi! Il cane affamato crede solo alla carne... (Russa e si addormenta subito.) E così io... solo di soldi riesco a parlare...
Trofîmov. In effetti nella sua figura c'è un che di cavallino.
Pìŝik. Che fare... il cavallo è una bella bestia... Un cavallo lo si può vendere...
Si sente che nella camera accanto giocano a biliardo.
Nella sala sotto l'arco si mostra Vàrâ.
Trofîmov (la prende in giro). Madàm[9] Lopàhina!

Madàm Lopàhina!..

Vàrâ (arrabbiata). Bàrin[10] scalcagnato!

Trofîmov. Sì, sono un bàrin scalcagnato e ne vado orgoglioso!

Vàrâ (amaramente pensierosa). Abbiamo chiamato i musicanti, ma come li paghiamo? (Se ne va.)

Trofîmov (A Pìŝik). Se l'energia che nel corso della vostra vita avete sprecato a cercare soldi per pagare gli interessi fosse andata in qualcos'altro, verosimilmente alla fin fine avreste potuto rovesciare il mondo.

Pìŝik. Nietzsche... filosofo... grandissimo, famosissimo... persona d'intelletto enorme, nelle sue opere dice che si possono fare delle carte false.

Trofîmov. E lei ha letto Nietzsche?

Pìŝik. Beh... Me ne ha parlato Dàŝen'ka. Adesso sono in una situazione tale, che sarei disposto anche a fare carte false... Dopodomani devo pagare trecentodieci rubli... Centotrenta li ho già trovati... (Si palpa le tasche, con ansia.) I soldi sono scomparsi! Ho perso i soldi! (Tra le lacrime.) Dove sono i soldi? (Gioioso.) Eccoli, dietro la fodera... Persino i sudori mi sono venuti...

Entrano Lûbóv' Andréevna e Charlotta Ivànovna.

Lûbóv' Andréevna (canticchia la Lezgìnka). Come mai Leonìd si assenta tanto? Cosa fa in città? (A Dunâŝa.) Dunâŝa, offrite il tè ai musicanti...

Trofîmov. Verosimilmente l'asta non s'è tenuta.

Lûbóv' Andréevna. I musicisti sono stati fuori luogo, e il nostro ballo è stato fuori luogo... Beh, fa niente... (Si siede e canticchia piano.)

---

[10] Signore, appartenente alla classe di chi non fa lavori di fatica.

Charlotta (porge a Pìŝik il mazzo di carte). Eccovi il mazzo di carte, pensate una carta.

Pìŝik. Pensata.

Charlotta. Ora mescolatele. Molto bene. Date qui, o mio caro signor Pìŝik. Ein, zwei, drei! Ora cercatela, ce l'avete nella tasca laterale...

Pìŝik (prende la carta dalla tasca laterale). L'otto di picche, verissimo! (Stupefatto.) Ma pensate!

Charlotta (tiene sul palmo della mano il mazzo di carte a Trofìmov). Ditemi, presto, che carta c'è sopra?

Trofìmov. Ma come? Beh, la donna di picche.

Charlotta. Ecco! (A Pìŝik.) Allora? Che carta c'è sopra?

Pìŝik. Il fante di cuori.

Charlotta. Ecco!.. (Batte le mani, il mazzo di carte scompare.) E che bel tempo c'è oggi!

Le risponde una misteriosa voce femminile, come da sotto il pavimento: «Oh sì, un tempo meraviglioso, signora». Voi siete il mio ideale perfetto... La voce: «Anche voi, signora, mi piacete molto».

Capostazione (applaude). Bravissima, signora ventriloqua!

Pìŝik (Stupefatto). Pensate voi! Incantevolissima Charlotta Ivànovna... sono semplicemente innamorato...

Charlotta. Innamorato? (Stringendosi nelle spalle.) Sapete forse amare? Guter Mensch, aber schlechter Musikant.

Trofìmov (dà una pacca sulla spalla a Pìŝik). Siete un tale cavallo...

Charlotta. Attenzione, prego, ancora una magia.

(Prende il plaid dalla sedia.) Ecco un bellissimo plaid, voglio venderlo... (Lo scuote.) Chi desidera comprarlo?

Pìŝik (stupefatto). Ma pensate! Charlotta. Ein, zwei, drei! (Raccoglie subito il plaid lasciato cadere.)

Sotto il plaid c'è Ànâ; Fa la reverenza, corre dalla madre, la abbraccia e corre indietro nella sala tra l'entusiasmo generale.

Lûbóv' Andréevna (applaude). Brava, brava!..

Charlotta. Di nuovo! Ein, zwei, drei!

Solleva il plaid; sotto il plaid c'è Vàrâ che saluta.

Pìŝik (stupefatto). Ma pensate!

Charlotta. Fine! (Getta il plaid addosso a Pìŝik, fa la reverenza e scappa in sala.)

Pìŝik (le corre dietro). Cattiva... ma chi è? Chi è? (Se ne va.)

Lûbóv' Andréevna. E Leonìd continua a non esserci. Che cosa faccia in città per così tanto tempo non lo capisco! E sì che là è già tutto finito, il podere è stato venduto o l'asta non s'è tenuta, perché tenerci così tanto all'oscuro!

Vàrâ (Cercando di consolarla). Lo zio ha comprato, ne sono certa.

Trofîmov (derisorio). Già.

Vàrâ. La nonna gli ha mandato la procura perché lui la comprasse a nome di lei con trasferimento del debito. Lo fa per Ànâ. E sono sicura che Dio ci aiuterà, che lo zietto la comprerà.

Lûbóv' Andréevna. La nonna di Âroslavl' ha mandato quindicimila rubli per comprare il podere a nome suo, – di noi non si fida – ma questi soldi non basterebbero nemmeno a pagare gli interessi. (Si copre la faccia con le mani.) Oggi si decide il mio destino, il destino...

Trofìmov (prende in giro Vàrâ). Madàm Lopàhina!

Vàrâ (arrabbiata). L'eterno studente! L'hanno espulso dall'università già due volte.

Lûbóv' Andréevna. Che t'arrabbi, Vàrâ? Ti prende in giro per Lopàhin, e allora? Se vuoi, spòsati Lopàhin, è una persona buona, interessante. Se non vuoi – non sposarlo; non c'è nessuno che ti costringe, dolce...

Vàrâ. Sto guardando la faccenda sul serio, mammina, devo ammetterlo chiaro. È una brava persona, mi piace.

Lûbóv' Andréevna. E allora sposalo. Cosa aspetti, non capisco!

Vàrâ. Mammina, non posso fargliela io la proposta. Sono due anni che tutti mi parlano di lui, tutti parlano, e lui o tace o scherza. Io lo capisco. Diventa ricco, è indaffarato, non ha tempo per me. Se avessi dei soldi, anche pochi, anche cento rubli, lascerei tutto e me ne andrei lontano. Me ne andrei in monastero.

Trofìmov. Splendore!

Vàrâ (A Trofìmov). Uno studente deve essere intelligente! (In tono dolce, con le lacrime.) Come siete diventato brutto, Pétâ, come siete invecchiato! (A Lûbóv' Andréevna, senza più piangere.) Il fatto è che non posso stare senza far nulla, mammina. Ogni momento devo fare qualcosa.

Entra Âša.

Âša (trattenendo a malapena le risate). Epihòdov ha rotto la stecca da biliardo!.. (Se ne va.)

49

Vàrâ. Come mai Epihòdov è qui? Chi gli ha permesso di giocare a biliardo? Non capisco questa gente... (Se ne va.)

Lûbóv' Andréevna. Non prendetela in giro, Pétâ, lo vedete, ha già problemi così.

Trofîmov. È molto cocciuta, ma s'immischia in faccende non sue. Per tutta l'estate non ha dato requie né a me né ad Ànâ, temeva che avessimo una storia. Lei che c'entra? E perdipiù io non ho dato adito, sono così alieno dalla volgarità. Noi siamo al di sopra dell'amore!

Lûbóv' Andréevna. Io invece, a quanto pare, sono al di sotto dell'amore. (Agitatissima.) Come mai Leonìd non c'è? Almeno saperlo: il podere è stato venduto o no? La catastrofe mi sembra inverosimile a tal punto che non so nemmeno cosa pensare, mi perdo... Adesso potrei gridare... potrei fare una sciocchezza. Salvatemi, Pétâ. Dite qualcosa, parlate...

Trofîmov. Che il podere sia stato venduto oggi oppure no – non è lo stesso? È comunque finita, non c'è modo di voltare indietro, il vialetto è pieno di vegetazione. Tranquillizzatevi, cara. Non bisogna autoingannarsi, una volta nella vita bisogna guardare la verità dritta negli occhi.

Lûbóv' Andréevna. Quale verità? Vedete, dov'è la verità e dov'è la non verità, ma io ho come perso la vista, non vedo nulla. Voi risolvete con audacia tutti i problemi importanti, ma dite, piccioncino, non è perché siete giovane, perché non avete ancora fatto in tempo a soffrire nemmeno un problema vostro? Voi guardate avanti con audacia, ma non sarà perché non vedete e non aspettate nulla di terribile, perché la vita è ancora nascosta ai vostri occhi giovani? Voi siete più audace, più onesto, più profondo di noi, ma immergetevi nel pensiero, siate magnanimo almeno per la punta di un dito, risparmiatemi. Dopo tutto sono nata qui, qui hanno vissuto mio padre e mia padre, mio nonno, io amo questa casa, senza l'amareneto io non capisco la mia vita, e se è tanto necessario venderlo, vendete anche me insieme al giardino... (Abbraccia Trofîmov, lo bacia in fronte.) Dopo tutto mio figlio è annegato qui... (Piange.) Abbiate pietà di me, buon uomo, caro.

Trofîmov. Sapete, io sono simpatetico con tutta l'anima.

Lûbóv' Andréevna. Ma in un altro modo, dovete dirlo in un altro modo... (Tira fuori il fazzoletto, cade per terra un telegramma.) Oggi sento un peso sull'anima, non ve lo potete immaginare. Qui mi è rumoroso, mi trema l'anima al minimo suono, tremo tutta, ma andarmene in camera mia non posso, da sola in silenzio ho paura. Non giudicatemi male, Pétâ... Vi voglio bene come a un parente. Io vi darei volentieri in sposa Ànâ, ve lo giuro, solo bisogna che vi laureiate. Non fate nulla, il destino solo vi sbatte da un posto all'altro, è strano così... Non è vero? Eh? E con quella barba bisogna fare qualcosa, perché cresca in qualche modo... (Ride.) Siete ridicolo!

Trofîmov (raccoglie il telegramma). Non voglio esser bello.

Lûbóv' Andréevna. È un telegramma da Parigi. Ne ricevo uno al giorno. E ieri, e oggi. Quest'uomo assurdo s'è di nuovo ammalato, sta di nuovo male... Chiede perdono, mi supplica d'andare, e davvero dovrei andare a Parigi, stargli vicino. Voi, Pétâ, avete una faccia severa, ma che fare, mio piccioncino, cosa devo fare, lui è malato, è solo, infelice, e chi è che si occupa di lui, chi lo trattiene dal fare errori, chi gli dà la medicina all'ora giusta? E cosa c'è da nascondere o da tacere, io lo amo, è chiaro. Lo amo, lo amo... È una pietra al collo, vado a fondo con lui, ma amo questa pietra e non posso vivere senza. (Stringe la mano a Trofìmov.) Non pensate male, Pétâ, non ditemi nulla, non parlate...

Trofìmov (Tra le lacrime). Perdonate la sincerità, Dio santo: lui vi ha derubato!

Lûbóv' Andréevna. No, no, no, non bisogna parlare così... (Si tappa le orecchie.)

Trofìmov. È una canaglia, siete l'unica a non saperlo! È una meschina canaglia, una nullità...

Lûbóv' Andréevna (arrabbiata, ma trattenuta). Voi avete ventisei o ventisette anni, ma siete ancora un ginnasiale di seconda!

Trofìmov. E allora!

Lûbóv' Andréevna. Dovete essere uomo, alla vostra età dovete capire chi ama. E dovete amare voi stesso... dovete innamorarvi! (Arrabbiata.) Già, già! Voi non avete purezza, siete soltanto un moralista, un bislacco ridicolo, un mostro...

Trofìmov (Orripilato). Ma cosa dice!

Lûbóv' Andréevna. «Sono al disopra dell'amore!» Voi non siete al disopra dell'amore, ma semplicemente, come dice il nostro Firs, siete un imbranato. Alla vostra età non avere un'amante!..

Trofìmov (orripilato). È terribile! Ma cosa dice?! (Cammina veloce verso la sala con la testa tra le mani.) È terribile... Non ce la faccio, me ne vado... (Se ne va, ma torna subito.) Tra noi è tutto finito! (Se ne va in anticamera.)

Lûbóv' Andréevna (gli grida dietro). Pétâ, aspettate! Uomo ridicolo, scherzavo! Pétâ!

Si sente che in anticamera qualcuno cammina veloce per le scale e d'un tratto cade giù con fracasso. Ànâ e Vàrâ gridano, ma subito risuona una risata.

Cosa è successo?

Ànâ corre dentro.

Ànâ (ridendo). Pétâ è caduto dalle scale! (Corre via.)

Lûbóv' Andréevna. Che bislacco questo Pétâ...

Il capostazione si ferma al centro della sala e legge ad alta voce la «Peccatrice» di Aleksej Tolstòj. Lo ascoltano, ma non appena ha letto alcune righe, dall'anticamera si sentono le note di un valzer, e la lettura s'interrompe. Tutti ballano. Escono dall'anticamera Trofîmov, Ànâ, Vàrâ e Lûbóv' Andréevna.

Oh, Pétâ... oh, anima pura... io vi chiedo perdono... Andiamo a ballare... (Balla con Pétâ.)

Ànâ e Vàrâ ballano.

Firs entra, appoggia il proprio bastone vicino a una porta laterale.

Anche Âša è entrato dal salotto, osserva le danze.

Âša. Che c'è, nonno?

Firs. Non mi sento bene. Prima da noi ai balli ballavano generali, baroni, ammiragli, e adesso mandiamo a chiamare un funzionario postale o un capostazione, e anche quelli ci vengono di malavoglia. Mi sono un po' indebolito. Il povero bàrin, il nonno, dava a tutti la ceralacca, per tutte le malattie. Io prendo ceralacca ogni giorno da vent'anni, o anche di più; forse è per quello che sono vivo.

Âša. M'hai stufato, nonno. (Sbadiglia.) Che tu schiattassi presto.

Firs. Imbranato... cosa capisci! (Borbotta.)

Trofîmov e Lûbóv' Andréevna ballano nella sala, poi in salotto.

Lûbóv' Andréevna. *Merci*! Mi siedo un po'... (Si siede.) Sono stanca.

Entra Ànâ.

Ànâ (agitata). In cucina c'è uno che dice che l'amareneto è già stato venduto oggi.

Lûbóv' Andréevna. Venduto a chi??

Ànâ. A chi non l'ha detto. Se n'è andato. (Balla con Trofîmov, escono entrambi in sala.)

Âša. È un vecchietto che ha parlato. Uno non dei nostri.

Firs. E Leonìd Andréič non c'è ancora, non arriva. Ha il cappotto leggero, mezzastagione, sta' a vedere che si raffredda. Eh, i giovani, che inesperienza.

Lûbóv' Andréevna. Potrei morire. Andate, Âša, informatevi a chi hanno venduto.

Âša. Ma se n'è andato da un pezzo, quel vecchietto. (Ride.)

Lûbóv' Andréevna (con lieve disprezzo). E beh? cosa ridete? Di cosa siete contento?

Âša. Epihòdov è molto ridicolo. È un uomo vuoto. Ventidue sfortune.

Lûbóv' Andréevna. Firs, se vendono il podere, tu dove vai?

Firs. Dove mi ordinate, io vado.

Lûbóv' Andréevna. Come mai hai quella faccia? Non stai bene? Perché non te ne vai a riposare un pochetto...

Firs. Già... (Derisorio.) Se io me ne vado a dormire, senza di me chi è che serve, chi è che dà disposizioni? Ci sono solo io in tutta la casa.

Âša (A Lûbóv' Andréevna). Lûbóv' Andréevna! Permettetemi di rivolgervi una richiesta, siate tanto gentile! Se tornate a Parigi, prendetemi con voi, fatemi il favore. Restare qui mi è decisamente impossibile (Guardandosi intorno, a mezza voce.) A cosa serve parlare, lo vedete voi stessa, il paese è ignorante, il popolo è senza princìpi, e poi l'angoscia, in cucina danno da mangiare in modo indecente, e per di più c'è qui questo Firs che se ne va in giro borbottando ogni genere di parola poco opportuna. Portatemi con voi, siate tanto gentile!

Entra Pìšik.

Pìšik. Permettete di invitarvi... per un valzerino, bellissima... (Lûbóv' Andréevna va con lui.) Incantevole, centoottanta rublettini però ve li prenderei in prestito... Ve li prendo... (Balla.) Centoottanta rublettini...

Sono passati in sala.

Âša (canticchia piano). «Capirai dell'anima mia l'agitazione...»

In sala una figura con cilindro grigio e pantaloni a quadretti fa movimenti con le mani e salta; grida:

«Brava, Charlotta Ivànovna!»

Dunâša (s'è fermata per incipriarsi). La bàryšnâ mi ha chiesto di ballare — ci sono molto cavalieri, ma dame poche — ma a me gira la testa dal ballare, mi batte il cuore, Firs Nikolàevic, e adesso il funzionario postale m'ha detto una cosa che m'ha tolto il respiro.

La musica tace.

Firs. E cosa t'ha detto?

Dunâša. Voi siete come un fiorellino, mi dice.

Âša (sbadiglia). Ignoranza... (Se ne va.)

Dunâša. Come un fiorellino... Sono una ragazza così delicata, le parole tenere mi piacciono da morire.

Firs. Finirai male, tu.

Entra Epihòdov.

Epihòdov. Avdòt'â Fëdorovna, voi non mi volete vedere... come se fossi un insetto. (Sospira.) Ah, la vita!

Dunâša. Cosa vi serve?

Epihòdov. Indubbiamente, magari, avrete anche ragione. (Sospira.) Ma di certo, a guardarla da un punto di vista, voi, mi permetto d'esprimermi così, perdonatemi la sincerità, mi avete del tutto messo in uno stato d'animo. Conosco la mia fortuna, ogni giorno mi succede una disgrazia, ci sono abituato da un pezzo, quindi guardo al mio destino con un sorriso. Mi avete dato la parola, e anche se io...

Dunâša. Vi prego, parliamo dopo, ora lasciatemi in pace. Sto sognando. (Gioca col ventaglio.)

Epihòdov. Mi càpita una disgrazia ogni giorno, e io, se mi è permesso esprimermi così, solo sorrido, addirittura rido.

Entra dalla sale Vàrâ.

Vàrâ. Non sei ancora andato, Semën? Sei proprio una persona che manca di rispetto. (A Dunâša.) Vattene via, Dunâša. (A Epihòdov.) Prima giochi a biliardo e spacchi la stecca, poi te ne vai per il salotto come un ospite.

Epihòdov. Non potete pretendere da me più di tanto, se mi è permesso esprimermi così.

Vàrâ. Non sto pretendendo da te, sto parlando. Che almeno lo sappia che stai andando di qui e di là, e non stai facendo nulla. Teniamo un impiegato, ma non si sa per cosa.

Epihòdov (offeso). Se io lavoro, se io vado in giro, se mangio, se gioco a biliardo, di quello possono giudicare solo le persone più vecchie che capiscono.

Vàrâ. Hai il coraggio di parlarmi così! (Di fuoco.) Hai il coraggio? Quindi io non capisco nulla? Sparisci immediatamente di qui! Sùbito!

Epihòdov (spaventato). Vi prego di esprimervi in maniera delicata.

Vàrâ (uscendo di sé). Immediatamente fuori di qui! Via!

Va verso la porta, lei dietro.

Ventidue sfortune! Che il tuo spirito non sia presente! Che i miei occhi non ti vedano!

Epihòdov è uscito, da dietro la porta la sua voce:

«Presenterò reclamo contro di voi».

Ah, torni indietro? (Prende il bastone messo da Firs accanto alla porta.) Va'... Va'... Va', te lo faccio vedere io... Vai, eh? Vai? Altrimenti così ti... (Scaccia il pensiero con la mano.)

In questo momento entra Lopàhin.

Lopàhin. Ringrazio umilissimamente.

Vàrâ (arrabbiata e derisoria). Colpa mia!

Lopàhin. Non fa nulla, signora. Ringrazio umilmente per la gradevole accoglienza.

Vàrâ. Non è il caso di ringraziare. (S'allontana, poi si

57

volta e domanda teneramente.) Vi ho fatto male?

Lopàhin. No, nulla. Però il bernoccolo è enorme.

Voci in sala: «È arrivato Lopàhin! Ermolàj Alekséič!»

Pìŝik. Non sapevamo nulla, non vedevamo nulla... (Si scambia baci con Lopàhin.) Sai di cognac, caro mio, anima mia. Anche noi qui ce la prendiamo allegra.

Entra Lûbóv' Andréevna.

Lûbóv' Andréevna. Siete voi, Ermolàj Alekséič? Come mai così tanto tempo? Dov'è Leonìd?

Lopàhin. Leonìd Andréič è venuto con me, sta arrivando...

Lûbóv' Andréevna (agitata). E allora? C'è stata l'asta? Parlate, o no?

Lopàhin (confuso, temendo di manifestare la propria gioia). L'asta è finita verso le quattro... Abbiamo perso il treno, abbiamo dovuto aspettare fino alle nove e mezza. (Facendo un sospiro profondo.) Uf! Mi gira leggermente la testa...

Entra Gàev; nella mano destra ha dei pacchetti, con la sinistra s'asciuga le lacrime.

Lûbóv' Andréevna. Lena, e allora? Lena? (Senza fretta, in lacrime.) Presto, parla, in nome di Dio...

Gàev (non risponde nulla, scaccia solo il pensiero con la mano; a Firs, piangendo). Prendi questi... Ci sono acciughe, aringhe di Kerč... Oggi non ho mangiato nulla... Talmente ho sofferto!

La porta che dà sulla sala da biliardo è aperta; si sente il rumore delle bocce e la voce di Âŝa: «Sette e diciotto!» L'espressione di Gàev cambia, non piange più.

Sono terribilmente stanco. Dammi da cambiarmi, Firs. (Se ne va verso camera sua attraversando la sala,

58

dietro di lui Firs.)

Pìŝik. Cos'è successo all'asta? Ma racconta!

Lûbóv' Andréevna. È stato venduto l'amareneto?

Lopàhin. È stato venduto.

Lûbóv' Andréevna. Chi l'ha comprato?

Lopàhin. L'ho comprato io.

Pausa.

Lûbóv' Andréevna è annichilita; cadrebbe, se non fosse accanto alla poltrona e al tavolo. Vàrâ si toglie le chiavi dalla cintola, le butta per terra, in mezzo al salotto, e se ne va.

L'ho comprato io! Aspettate, signori, siate gentili, mi gira terribilmente la testa, non riesco a parlare... (Ride.) Siamo arrivati all'asta, là c'è già Deriganov. Leonìd Andréič aveva solo quindicimila rubli, e Deriganov oltre al debito ne aggiungeva subito trenta. Vedo come si mette la faccenda, l'ho superato, ne ho offerti quaranta. Lui quarantacinque. Io cinquantacinque. Lui, insomma, ne aggiungeva cinque a cinque, io dieci a dieci... Beh, è finita. Oltre al debito ho offerto novanta, è andata a me. L'amareneto adesso è mio! Mio! (Ride.) Dio mio, Signore, l'amareneto è mio! Ditemi che sono ubriaco, che sono fuori di me, che tutto questo è solo un'impressione... (Picchietta i piedi.) Non ridete di me! Se mio padre e mio nonno si alzassero dalla tomba e vedessero tutto quello che succede, il loro Ermolàj, il picchiato, poco istruito Ermolàj, che andava in giro d'inverno a piedi nudi, che questo stesso Ermolàj ha comprato un podere che al mondo non ce n'è uno più bello. Ho comprato il podere dove il nonno e il papà erano schiavi, dove

59

non li lasciavano entrare nemmeno in cucina. Sto dormendo, me lo immagino solo, è solo un'impressione... È un frutto della vostra immaginazione coperta dalle tenebre dell'ignoranza... (Raccoglie le chiavi sorridendo teneramente.) Ha buttato le chiavi, vuole far vedere che non è più la padrona di casa qui... (Fa risuonare le chiavi.) Oh beh, fa lo stesso.

Si sente l'orchestra che accorda gli strumenti.
Su, musicanti, suonate, voglio ascoltarvi! Venite tutti a vedere come Ermolàj Lopàhin passa l'ascia per l'amareneto, come gli alberi cadono a terra! Costruiremo le dacie e i nostri nipoti e pronipoti vedranno qui la vita nuova... Musica, maestro!
La musica suona, Lûbóv' Andréevna si è accasciata su una sedia e piange amaramente.
(Con aria di rimprovero.) Ma perché, perché non mi avete dato ascolto? Mia povera, bella, non tornerai adesso. (In lacrime.) Oh, se almeno tutto questo passasse, se almeno cambiasse in qualche modo la nostra vita incoerente, infelice.
Pìŝik (lo prende sottobraccio, a mezza voce). Lei sta piangendo. Andiamo in sala, che resti sola... Andiamo...
(Lo prende sottobraccio e lo porta in sala.)
Lopàhin. Cos'è 'sta roba? Musica, suona distintamente! Tutto deve andare come desidero io! (Ironico.) Arriva il nuovo possidente, proprietario dell'amareneto! (Urta inavvertitamente un tavolino, per poco non rovescia un candelabro.) Tutto posso pagare! (Se ne va con Pìŝik.)
In sala e in salotto non c'è nessuno tranne Lûbóv'

Andréevna che è seduta, tutta appallottolata e piange
amaramente. La musica suona piano. Entrano in
fretta Ànâ e Trofîmov. Ànâ si avvicina alla madre e si
mette in ginocchio davanti a lei. Trofîmov resta
vicino all'ingresso della sala.

Ànâ. Mamma!.. Mamma, piangi? Dolce, cara, buona
mamma mia, mia bellissima, io ti voglio bene... io ti
benedico. L'amareneto è venduto, non c'è più, è
vero, mamma, è vero, vero, ma non piangere,
mamma, ti è rimasta la vita davanti, ti è rimasta la tua
anima bella, pura... Vieni con me, andiamo, dolce, via
di qui, andiamo!.. Faremo un nuovo giardino, più
lussureggiante di questo, lo vedrai, capirai, e la gioia,
una gioia muta, profonda scenderà sulla tua anima,
come il sole verso sera, e tu sorriderai, mamma!
Andiamo, dolce! Andiamo!..

Sipario

Quarto atto

Scenografia del primo atto. Non ci sono né tende
alle finestre, né quadri, sono rimasti un po' di mobili
ammassati in un angolo, come per essere venduti. Si
sente il vuoto. Vicino alla porta d'uscita e nel
profondo della scena sono posate le valigie, fazzoletti
da viaggio e così via. A sinistra la porta è aperta, di lì
si sentono le voce di Vàrâ e Anâ. Lopàhin è in piedi,
aspetta. Âša regge il vassoio coi bicchieri pieni di

champagne. In anticamera Epihòdov lega un baule. Dietro la scena nel profondo c'è un rombo. Sono i mužikì venuti a salutare.

Voce di Gàev: «Grazie, fratelli, grazie a voi».

Âša. Il popolo semplice è venuto a salutare. Sono di quest'opinione, Ermolàj Alekséič, il popolo è caro, ma capisce poco.

Il rimbombo si acquieta. Entrano dall'anticamera Lûbóv' Andréevna e Gàev; lei non piange, ma è pallida, le trema la faccia, non riesce a parlare.

Gàev. Gli hai dato il tuo borsellino, Lûba. Non si fa! Non si fa!

Lûbóv' Andréevna. Non ho potuto! Non ho potuto!

Se ne vanno entrambi.

Lopàhin (sulla porta, dietro a loro). Prendete, vi prego umilissimamente! Un bicchiere prima di partire. Non ho pensato di portarlo dalla città, e alla stazione ho trovato una bottiglia sola. Prendete!

Pausa.

Ma come, signori! Non volete? (Si allontana dalla porta.) A saperlo non l'avrei comprato. Boh, non berrò neanch'io.

Âša posa con cura il vassoio su una sedia.

Bevi almeno tu, Âša.

Âša. Ai partenti! Buona permanenza! (Beve.) Questo non è vero champagne, posso garantirvelo.

Lopàhin. Una bottiglia da otto rubli.

Pausa.

Qui fa un freddo del diavolo.

Âša. Oggi non abbiamo acceso, tanto partiamo. (Ride.)

Lopàhin. Cos'hai da ridere?

Âša. Per la soddisfazione.

Lopàhin. Fuori è ottobre, ma c'è il sole ed è calmo come d'estate. Perfetto per costruire. (Dà un'occhiata all'orologio, alla porta.) Signori, tenete presente che al treno mancano solo quarantasei minuti! Quindi tra venti minuti bisogna andare alla stazione. Affrettatevi.

Trofîmov in cappotto entra da fuori.

Trofîmov. Mi sembra che sia ora di andare. I cavalli sono attaccati. Sa il diavolo dove sono le mie galosce. Sono scomparse. (Verso la porta.) Ànâ, non ci sono le mie galosce! Non le trovo!

Lopàhin. Io devo andare a Hàr'kov. Prendo lo stesso treno vostro. Sto a Hàr'kov tutto l'inverno. Con voi non ho fatto che bighellonare, senza lavorare sono stato male. Non posso fare a meno di lavorare, non so cosa fare con le mani; quelli che bighellonano mi sembrano strani, mi sono come estranei.

Trofîmov. Ora ce ne andiamo, e vi potrete rimettere al vostro lavoro utile.

Lopàhin. Bevi un bicchiere.

Trofîmov. No, grazie.

Lopàhin. Allora adesso vai a Mosca?

Trofîmov. Sì, li accompagno in città, e domani a Mosca.

Lopàhin. Già... Eh, si vede che i professori non tengono le lezioni, aspettano tutti che arrivi tu!

Trofîmov. Non è affar tuo.

Lopàhin. Quanti anni sono che studi all'università?

Trofîmov. Pensa qualcosa di nuovo. È roba vecchia e banale. (Cerca le galosce.) Sai, noi, magari, non ci vedremo più, quindi permettimi di darti un consiglio al momento dell'addio: Non gesticolare con le mani! Perdi quest'abitudine – muovere le mani. E anche costruire le dacie, calcolare che i villeggianti col tempo saranno singoli proprietari – anche questo è muovere le mani... In un modo o nell'altro, ti voglio bene lo stesso. Hai dita fini, dolci da artista, hai un'anima fine, dolce...

Lopàhin (lo abbraccia). Addio, piccioncino. Grazie di tutto. Se ne hai bisogno, lascia che ti dia i soldi per il viaggio.

Trofìmov. E perché? Non mi servono.

Lopàhin. Ma non ne avete!

Trofìmov. Li ho. Vi ringrazio. Ho ricevuto i soldi di una traduzione. Ce li ho qui, in tasca. (Con ansia.) Le mie galosce invece non ci sono!

Vàrâ (dall'altra stanza). Prendete la vostra schifezza! (Butta in scena un paio di galosce di gomma.)

Trofìmov. Cosa v'arrabbiate, Vàrâ? Hmm... Ma queste non sono le mie galosce!

Lopàhin. In primavera ho seminato a papavero mille desâtine e adesso ho avuto quarantamila rubli puliti di guadagno. E quando il papavero era in fiore, era uno spettacolo! Quindi io dico, ho guadagnato quarantamila rubli e quindi ti offro un prestito perché ne ho la possibilità. Perché storcere il naso? Sono un mužìk... alla buona.

Trofìmov. Tuo padre era mužìk, il mio farmacista, e da questo non discende proprio nulla.

Lopàhin tira fuori il portafoglio.

Lascia stare, lascia stare... Se anche me ne dessi duecentomila, non li prenderei. Sono un uomo

libero. E tutto quello che voi tutti, ricchi e miserabili, considerate così importante e così caro, su di me non ha il minimo potere, come lanugine nell'aria. Posso fare a meno di voi, posso passarvi accanto, sono forte e orgoglioso. L'umanità va verso la verità suprema, verso la felicità suprema che è possibile sulla terra, e io sono nelle prime file!
Lopàhin. Arriverai?
Trofìmov. Arriverò.

Pausa.

Arriverò, o farò vedere agli altri come arrivarci.

Si sente in lontananza il colpo dell'ascia contro gli alberi.

Lopàhin. Bch, addio, piccioncino. È ora di partire. Noi ci guardiamo dall'alto in basso, ma la vita scorre senza badare a nulla. Quando lavoro a lungo, senza stancarmi, i pensieri sono più leggeri, e mi sembra di sapere anche per cosa esisto. Fratello, quante persone ci sono in Russia che esistono non si sa per cosa. Ma fa niente, la quadratura del cerchio non sta in questo. Leonìd Andréič, dicono, ha accettato il posto, lavorerà in banca, seimila rubli all'anno... Ma non resisterà, è molto pigro...
Ànâ (sulla soglia). Mamma vi prega: finché lei non è partita, che non abbattano l'amareneto.
Trofìmov. In realtà, possibile che il tatto non basti... (se ne va attraversando l'anticamera.)
Lopàhin. Subito, subito... Ma che modi, davvero. (Gli va dietro.)
Ànâ. Firs l'hanno portato in ospedale?
Âša. L'ho detto stamattina. Evidentemente l'hanno portato.

65

Ànâ (A Epihòdov che attraversa la sala). Semën Panteléič, per favore, infòrmati se hanno portato Firs in ospedale.

Âša (offesa). Stamattina l'ho detto a Egór. A cosa serve chiedere dieci volte!

Epihòdov. Il vecchio Firs, secondo la mia opinione definitiva, non va portato in ospizio, ma all'altro mondo. E possono solo invidiarlo. (Posa la valigia sulla scatola di cartone col cappello e la schiaccia.) Beh, ecco, certo. Lo sapevo. (Se ne va.)

Âša (derisoria). Ventidue sfortune...

Vàrâ (dietro la porta). Firs l'hanno portato in ospedale?

Ànâ. Sì.

Vàrâ. Allora perché non ha portato la lettera per il dottore?

Ànâ. Allora bisogna fargliela mandare... (Se ne va.)

Vàrâ (dalla camera accanto). Dov'è Âša? Ditegli che è arrivata sua madre, lo vuole salutare.

Âša (scaccia il pensiero con la mano). Mi fanno solo perdere la pazienza.

Dunâša continua ad arrabattarsi intorno alle cose; ora che Âša è rimasto solo, gli si avvicina.

Dunâša. Guardatemi almeno una volta, Âša. Ve ne partite... mi abbandonate... (Piange e gli si butta al collo.)

Âša. Cosa piangi? (Beve lo champagne.) Tra sei giorni sono di nuovo a Parigi. Domani prendiamo il treno espresso e partiamo, e chi ci vede più. Quasi da non crederci. Viv la Fràns[11]!... Qui non fa per me, non ci posso stare... non c'è niente da fare. Di

---

[11] Vive la France pronunciato alla russa.

ignoranza ne ho vista abbastanza – ora basta. (Beve champagne.) Cosa piangete? Comportatevi con educazione, non si piange.

Dunâša (s'incipria guardandosi allo specchietto). Mandatemi una lettera da Parigi. Io vi amavo, Âša, vi amavo tanto! Sono una creatura dolce, Âša!

Âša. Vengono. (S'arrabatta intorno alle valigie, canticchia piano.)

Entrano Lûbóv' Andréevna, Gàev, Ànâ e Charlotta Ivànovna.

Gàev. Dobbiamo partire. Non manca molto. (Guardando Âša.) Da chi è che viene quest'odore d'aringa!

Lûbóv' Andréevna. Tra una decina di minuti dobbiamo essere tutti in carrozza... (Si guarda intorno nella stanza.) Addio, cara casa, vecchio nonno. Passerà l'inverno, verrà la primavera, e non ci sarai più, ti faranno a pezzi. Quanto hanno visto queste pareti! (Bacia con calore la figlia.) Mio tesoro, sei splendente, gli occhietti ti brillano come due diamanti. Sei contenta? Molto?

Ànâ. Molto! Comincia la vita nuova, mamma!

Gàev (allegro). Davvero, ora va tutto bene. Prima della vendita dell'amareneto continuavamo ad agitarci, soffrivamo, ma dopo, quando la questione s'è risolta definitivamente, in modo irreversibile, ci siamo tutti tranquillizzati, persino rallegrati... Sono un impiegato di banca, adesso sono nelle finanze... la gialla al centro, e tu, Lûba, in un modo o nell'altro hai un'aria migliore, non c'è dubbio.

Lûbóv' Andréevna. Già. Coi nervi sto meglio, è vero.

Le porgono cappello e cappotto.

Dormo bene. Portate fuori le mie cose, Âša. È ora. (Ad Ànâ.) Bambina mia, ci vediamo presto... Vado a Parigi, vivo là coi soldi che mi ha mandato la nonna di Âroslavl' per comprare il podere – evviva la nonna! – ma questi soldi non basteranno per molto.

Ànâ. Mamma, tu tornerai presto, presto... non è vero? Io mi preparo, do l'esame del ginnasio e poi mi metto a lavorare, ad aiutarti. Noi, mamma, leggeremo insieme tanti libri... Vero? (Dà un bacio alla mano della madre.) Nelle sere autunnali leggeremo, leggeremo molti libri, e davanti a noi si aprirà un mondo nuovo, prodigioso... (Sognante.) Mamma, arriva...

Lûbóv' Andréevna. Arrivo, oro mio. (Abbraccia la figlia.)

Entra Lopàhin. Charlotta canticchia piano una canzone.

Gàev. Beata Charlotta: canta!

Charlotta (prende il fagotto simile a un bambino fasciato). Bambinetto mio, bye bye...

Si sente il pianto di un bambino: «Uah, uah!..»

Sta' zitto, mio buono, mio caro bambino.

«Uah... uah!..»

Mi fai così pena! (Ributta il fagotto al suo posto.) Quindi voi, per favore, trovatemi un posto. Così non ce la faccio.

Lopàhin. Lo troviamo, Charlotta Ivànovna, non preoccupatevi.

Gàev. Tutti ci lasciano, Vàrâ se ne va... d'un tratto siamo diventati inutili.

Charlotta. In città non ho dove vivere. Devo andarmene... (Canticchia.) È lo stesso...

Entra Pìŝik.

Lopàhin. Un prodigio di natura!..

Pìŝik (senza fiato). Ohi, lasciatemi riposare... non ne posso più... Miei stimatissimi... Datemi dell'acqua...

Gàev. È per i soldi? Servo vostro, a scanso di equivoci... (Se ne va.)

Pìŝik. È da un pezzo che non vengo da voi... bellissima... (A Lopàhin.) Sei qui... sono contento di vederti... persona di intelletto finissimo... prendi... accetta... (Porge soldi a Lopàhin.) Quattrocento rubli... Me ne restano ottocentoquaranta...

Lopàhin (si stringe nelle spalle senza capire). Come in sogno... Ma dove l'hai presi?

Pìŝik. Aspetta... Fa caldo... Un evento straordinario. Sono venuti da me gli inglesi e hanno trovato nel terreno una specie d'argilla bianca... (A Lûbóv' Andréevna.) E quattrocento a voi... bellissima... stupefacente... (Le dà i soldi.) Gli altri dopo. (Beve l'acqua.) Ora un giovanotto m'ha raccontato in treno che un... grande filosofo suggerisce di saltare dal tetto... «Salta!» dice, e in questo sta tutto il cómpito. (Stupito.) Pensate voi! Dell'acqua!..

Lopàhin. Ma quali inglesi?

Pìŝik. Gli ho dato un appezzamento con l'argilla per ventiquattro anni... E adesso, scusate, non ho tempo... devo galoppare oltre... Vado da Snojkov... Da Kardamonov. Ho debiti con tutti (Beve.) Vi auguro di star bene... Passo giovedì...

Lûbóv' Andréevna. Ci trasferiamo in città, e io domani all'estero.

Pìŝik. Come? (Angosciato.) Come mai in città? Vedo adesso i mobili... le valigie... Beh, fa niente... (Tra le

lacrime.) Fa niente... Persone di intelletto finissimo...
questi inglesi... Non fa niente... Siate felici... Dio ci
aiuta... Non fa niente... Tutto ha fine a questo
mondo... (Bacia la mano a Lûbóv' Andréevna.)
Dovesse giungervi voce che è giunta la mia fine,
ricordatevi di questo... cavallo e dite: «Al mondo è
esistito un certo... Simeonov-Pìŝik... A lui il regno dei
Cieli»... Un tempo meraviglioso... Già... (Se ne va
profondamente turbato, ma torna sùbito e dice sulla
soglia.) Figlia mia, Dàšen'ka... vi saluta! (Se ne va.)
 Lûbóv' Andréevna. Adesso posso anche dire «oh».
Parto con due preoccupazioni. La prima – è Firs
malato. (Dà un'occhiata all'orologio.) Altri cinque
minuti si può...
 Ànâ. Mamma, Firs è già stato mandato all'ospedale.
Âša l'ha mandato stamattina.
Lûbóv' Andréevna. La seconda mia tristezza è Vàrâ.
È abituata ad alzarsi presto per lavorare, e adesso
senza nulla da fare lei è come un pesce fuor d'acqua.
È dimagrita, è impallidita e piange, poveretta...
Pausa.
Voi lo sapete benissimo, Ermolàj Alekséič; il mio
sogno era... darvela in sposa, e da tutto era evidente
che l'avreste sposata. (Sussurra ad Ànâ, quella fa un
cenno a Charlotta, e se ne vanno entrambe.) Lei vi
ama, siete fatti uno per l'altra, e non so, non so
perché voi sembrate tenervi in disparte uno dall'altra.
Non lo capisco!
Lopàhin. Nemmeno io lo capisco, confesso. È,
come, tutto strano... Se c'è ancora tempo, io sono
pronto anche adesso... Finiamo subito – e basta, se
no senza di voi io, mi sa, la proposta non la faccio.

70

Lûbóv' Andréevna. Meraviglioso. Tanto ci vuole soltanto un minuto. Ora la chiamo...

Lopàhin. Tra l'altro c'è anche lo champagne. (Guarda i bicchieri.) Sono vuoti, qualcuno ha già bevuto.

Âša tossisce.

Questo si chiama prosciugare...

Lûbóv' Andréevna (vivace). Benissimo. Noi usciamo... Âša, allez! La chiamo io... (sulla porta.) Vàrâ, lascia stare, vieni qui. Vieni! (Se ne va con Âša.)

Lopàhin (guarda l'orologio). Già...

Pausa.

Dietro la porta una risata trattenuta, sussurri, finalmente entra Vàrâ.

Vàrâ (Osserva a lungo le cose). Strano, non riesco proprio a trovarlo...

Lopàhin. Cosa cercate?

Vàrâ. L'ho messo via io e non ricordo.

Pausa.

Lopàhin. Ora dove andate, Varvàra Mihàjlovna?

Vàrâ. Io? Dai Ragulin... Mi sono messa d'accordo con loro di stare dietro alla casa... come economa, tipo.

Lopàhin. A Âšnevo? Saranno settanta verste.

Pausa.

Ecco che la vita in questa casa è finita...

Vàrâ (guardando le cose intorno). Ma dov'è... O forse l'ho messo nel baule... Già, la vita in questa casa è finita... non ci sarà più...

Lopàhin. Io invece per Hàr'kov parto adesso... proprio con questo treno. Ho molto da fare. E qui nella tenuta lascio Epihòdov... L'ho assunto.

Vàrâ. Ma come!

Lopàhin. L'anno scorso in questo periodo nevicava già, se ricordate, adesso invece è calmo, c'è il sole. Solo che fa freddo... Tre sotto zero.

Vàrâ. Non ho guardato.

Pausa.

E poi il nostro termometro è rotto...

Pausa.

Voce da fuori verso la porta: «Ermolàj Alekséič!..» Lopàhin (come se aspettasse da un pezzo questo richiamo). Immediatamente! (Se ne va veloce.)

Vàrâ, seduta per terra, la testa infilata in un fagotto
con lo scialle, singhiozza piano. Si apre la porta,
entra con cautela Lûbóv' Andréevna.

Lûbóv' Andréevna. Cosa c'è?

Pausa.

Bisogna che andiamo.

Vàrâ (non piange più, s'è asciugata gli occhi). Sì, è ora, mammina. Io faccio in tempo oggi ad andare dai Ragulin, basta non far tardi per il treno...

Lûbóv' Andréevna (sulla porta). Ànâ, vèstiti!

Entrano Ànâ, poi Gàev, Charlotta Ivànovna. Gàev
ha il cappotto pesante col cappuccio. Si riuniscono i
servitori, i cocchieri. Intorno alle cose si dà da fare
Epihòdov.

Adesso possiamo metterci in viaggio.

Ànâ (allegra). In viaggio!

Gàev. Amici miei, dolci, cari amici miei! Lasciando questa casa per sempre, posso io stare zitto, posso io trattenermi dall'esprimere all'addio quei sentimenti che ricolmano ora il mio essere...

Ànâ (supplichevole). Zio!

Vàrâ. Zietto, non è il caso!

72

Gàev (abbattuto). Con una douplette la gialla al centro... Sto zitto...

Entra Trofîmov, poi Lopàhin.

Trofîmov. Bene, signori, è ora di partire!

Lopàhin. Epihòdov, il mio cappotto!

Lûbóv' Andréevna. Resto ancora un minuto. Come se prima non avessi mai visto come sono in questa casa le pareti, i soffitti, e ora li guardo con avidità, con un amore così tenero...

Gàev. Ricordo quando avevo sei anni, il giorno della Trinità ero seduto a questa finestra e guardavo mio padre che andava in chiesa...

Lûbóv' Andréevna. Avete caricato tutto?

Lopàhin. Mi sembra di sì. (A Epihòdov, indossando il cappotto.) E tu, Epihòdov, controlla che tutto sia in ordine.

Epihòdov (parla con voce roca). State tranquillo, Ermolàj Alekséič!

Lopàhin. Come mai hai quella voce?

Epihòdov. Ho appena bevuto, ho inghiottito qualcosa.

Âša (con disprezzo). L'ignoranza...

Lûbóv' Andréevna. Partiamo – e qui non resta un'anima...

Lopàhin. Ci vediamo a primavera.

Vàrâ (tira fuori l'ombrello dal fagotto, sembra che stia scacciando il pensiero con la mano).

Lopàhin fa finta di spaventarsi.

Che dite, che dite... Non ci ho nemmeno pensato.

Trofîmov. Signori, saliamo in carrozza... È ora! Il treno sta per arrivare!

Vàrâ. Pétâ, eccole, le vostre galosce, accanto alla

73

valigia. (In lacrime.) E come sono sporche, vecchie...
Trofîmov (indossando le galosce). Andiamo, signori!..
Gàev (Molto turbato, teme di scoppiare in lacrime). Il treno... la stazione... Croisé al centro, la bianca con una douplette in angolo...
Lûbóv' Andréevna. Andiamo!
Lopàhin. Siete tutti? Là non c'è nessuno? (Chiude la porta laterale a sinistra.) Qui le cose sono state caricate, bisogna chiudere. Andiamo!..
Ànâ. Addio, casa! Addio, vita vecchia!
Trofîmov. Benvenuta, vita nuova!.. (Se ne va con Ànâ.)
Vàrâ abbraccia la stanza con lo sguardo e se ne va senza fretta. Se ne vanno Âša e Charlotta col cagnolino.

Lopàhin. Allora, ci vediamo a primavera. Venite fuori, signori... Arrivedercioni!.. (Se ne va.)

Lûbóv' Andréevna e Gàev sono rimasti soli. Come se non aspettassero altro, si buttano uno al collo dell'altra e singhiozzano trattenendosi, piano, temendo che li sentano.

Gàev (disperato). Sorella mia, sorella mia...
Lûbóv' Andréevna. O mio caro, mio dolce, bellissimo amareneto!.. Mia vita, mia gioventù, mia felicità, addio!.. Addio!..

Voce di Ànâ (allegra, incitante): «Mamma!..»
Voce di Trofîmov (allegra, animata): «Oh-oh!..»

Per l'ultima volta dare un'occhiata alle pareti, alle finestre... Per questa stanza amava camminare la povera mamma...
Gàev. Sorella mia, sorella mia...

Voce di Ànâ: «Mamma!..»

Voce di Trofîmov: «Oh-oh!..»

Lûbóv' Andréevna. Veniamo!..

Se ne vanno.

La scena è vuota. Si sente che chiudono tutte le porte a chiave, che poi le carrozze partono. Si fa silenzio. In mezzo al silenzio risuona il rumore sordo dell'ascia contro un albero, che suona solitario e malinconico.

Si sentono dei passi. Dalla porta che è a destra esce Firs. È vestito, come sempre, in giacca e gilet bianco, scarpette ai piedi. È malato.

Firs (si avvicina alla porta, tocca la maniglia). È chiuso. Se ne sono andati... (Si siede sul divano.) Si sono dimenticati di me... Non fa nulla... Me ne sto qui... Ma Leonìd Andréič, mi sa, non ha messo la pelliccia, è partito col cappotto... (Sospira preoccupato.) Non ho guardato io... Eh, i giovani, che inesperienza. (Borbotta qualcosa che non si riesce a capire.) La vita è passata, come se non avessi nemmeno vissuto... (Si sdraia.) Mi metto un po' giù... Di forze non ne hai, non è rimasto nulla, nulla... Puah tu... imbranato!.. (Sta sdraiato immobile.)

Si sente un rumore lontano, come dal cielo, il rumore di una corda spezzata, dissolvente, malinconico.

Viene il silenzio, e si sente soltanto che lontano nell'amareneto con l'ascia colpiscono un albero.

Sipario

Postfazione

Ho pensato di tradurre Il giardino dei ciliegi quando mi sono accorto che gli alberi in questione non sono ciliegi, ma amareni. Il dramma ruota intorno all'impoverimento della famiglia dovuto proprio al fatto che le amarene non sono trasportabili (e quindi commerciabili) a meno di sottoporle prima a procedimenti di conservazione (marinatura). Sono proprio i procedimenti che non sono più noti, e che causano la decadenza, con tutto ciò che ne deriva. Manca il tramandarsi di generazione in generazione dei "metodi di famiglia", delle "tradizioni" che hanno fatto di questo, il più grande amareneto della regione, una fonte di ricchezza.

Quanto al "giardino", la parola russa *sad* si usa in locuzioni come *fruktovyj sad*, "giardino della frutta", ma che noi chiamiamo «frutteto», *zoologičeskij sad*, "giardino degli animali", ma che noi chiamiamo «zoo», *botaničeskij sad*, "giardino botanico", ma che noi chiamiamo «orto botanico» e così via. Quindi risulta evidente che la resa «giardino dei ciliegi» è rozza e frettolosa (il che ovviamente non giustifica che non sia stata corretta nei centodieci anni successivi). Soprattutto, non è il giardino di casa, come pensano tutti gli italofoni a teatro, ma ettari ed ettari di campo coltivato a frutta. Non so se è più bello o meno bello, ma certamente è diverso.

Anche in tutto il resto la mia traduzione ha una sola ambizione: la precisione. Se mai una compagnia teatrale deciderà di usarla per un allestimento, ci lavorerà sopra, con o senza il mio aiuto. Io ho cercato di produrre battute recitabili, ma non sono né attore né regista. E non c'è nulla di peggio di un traduttore che sceglie una formulazione immaginandosela abbinata a una certa intonazione, senza rendersi conto che quella intonazione è solo nella sua testa, ma non ci sono appigli né di punteggiatura né di altro tipo che possano suggerirla (a parte la telepatia, che forse non è un criterio del tutto scientifico).

Il barin, la bàrynâ, il mužìk e altri realia sono rimasti tali. Nella maggior parte dei casi, sono parole reperibili nei dizionari di italiano. Per qualsiasi commento, suggerimento, critica vi prego di scrivermi. C'è di bello che gli ebook e i libri di autoeditoria si possono correggere anche dopo averli venduti (e comprati). Buona lettura!

Milano, 7 luglio 2014

Bruno Osimo

Bruno Osimo Ce l'hai scarico da un pezzo
Bruno Osimo Sei un vaso di fiori di campo
Bruno Osimo La scoiattola d'autunno

Bruno Osimo Semiotica semplice
Bruno Osimo Semiotics for Beginners
Bruno Osimo Semiotica per principianti
Lev Vygótskij, Pensiero e parola
Charles Sanders Peirce Filosofia della mente
Jurij Lotman Il testo nel testo
Jurij Lotman Le tre funzioni del testo
Jurij Lotman Autocomunicazione: «Io» e «Un altro» come destinatari
Jurij Lotman Le mie memorie 1922-1940
Jurij Lotman La semiosfera: culture
Jurij Lotman La cultura e l'intelligentnost'
Jurij Lotman Il ruolo dell'arte nella cultura
Jurij Lotman Asimmetria e dialogo
Jurij Lotman Il modello della struttura bilingue
Peeter Torop La semiotica della cultura. Introduzione alla scuola di Tartu fondata da Lotman.
Peeter Torop Biografia privata di Lotman attraverso gli autoritratti. Il discorso interno di uno studioso
Peeter Torop La transmedialità dell'autocomunicazione della cultura
Peeter Torop Sugli inizi della semiotica della cultura alla luce delle tesi della scuola di Tartu-Mosca

Opere di Gógol'

La lettera scomparsa
Notte di maggio ovvero L'annegata
La sera della vigilia di Ivàn Kupàla
La fiera di Soróčinci
Memorie di un pazzo

Opere di Solženìcyn

L'arresto. Vivere e morire ai tempi dei gulag
L'istruttoria. Torture, false confessioni, gulag
Storia delle fogne russe. Ondate di deportazione in gulag
La donna in lager. Vita quotidiana nei gulag

Opere di Čechov

Dùšečka
Zio Vanja
Tre sorelle
Il gabbiano
Il giardino dei ciliegi (L'amareneto)
L'insegnante di lettere
Dama con cagnolino: racconto
Casa con mezzanino (racconto di un pittore)
Racconto della signora X
L'isola di Sachalìn
La dacia nuova
A proposito dell'amore
I mužikì
Alle feste di Natale
Per affari di servizio
Nel baratro
Tre anni
Il duello
Ionyč: racconto
L'arciereo: racconto
La sposa: racconto
Kaštanka: racconto
Ragazzi: racconto
Principessa: racconto

Opere di Tolstój

Imparare a scrivere dai bambini
Infanzia
Non uccidere nessuno
Non posso stare zitto Contro la pena di morte
Su ciò che viene chiamato «arte»
Il Vangelo spiegato ai bambini
Il parassitismo
Sonata «Kreutzer»
Il desiderio sessuale
Religione e morale
Perché la gente si droga?
Perché non mangio la carne

Opere di Dostoevskij

Notti bianche
Memorie dal sottosuolo
Il villaggio di Stepànčikovo e i suoi abitanti

Opere di Leskóv

L'ebreo in Russia
Il pellegrino incantato. Il mancino
L'angelo sigillato. L'ebreo in Russia

Opere di Bulgàkov

Comune operaia № 13
Il mago nero
Ho ucciso e altri racconti

Opere di Pùškin

Evgénij Onégin

Fiabe popolari

Sivko-burko
Fiaba su Ivàn-zarévič, sull'uccello-brace e sul lupo grigio
Vasilìsa la bellissima. La sorellina volpina. Ivàn Zarévič

Sulla traduzione

Peeter Torop Total Translation
Vlahov Florin The Translation of Realia
B., S.A. Osimo Cognitive distortion, translation distortion, and poetic distortion as semiotic shifts
Bruno Osimo On Psychological Aspects of Translation
Bruno Osimo Literary translation and terminological precision: Chekhov and his short stories
Bruno Osimo Basic notions of Translation Theory
Bruno Osimo Translation Studies. Contributions from Eastern Europe
Bruno Osimo Handbook of Translation Studies
Bruno Osimo Juri Lotman's Translation Handbook

Bruno Osimo Dictionary of Translation Studies
Bruno Osimo History of Translation
Bruno Osimo Roman Jakobson's Translation Handbook
Bruno Osimo The Translation of Culture
Bruno Osimo Prototext-metatext translation shifts
Anton Popovič La scienza della traduzione
Peeter Torop La traduzione totale
Aleksandar Lûdskanov Un approccio semiotico alla traduzione
Vlahov Florin La traduzione dei realia
Revzin Rozencvejg Manuale di semiotica della traduzione
Jiří Levý La creatività linguistica e letteraria del traduttore
Jiří Levý Stile letterario e stile traduttivo. Come si forma il traduttese
Zuzana Jettmarová Teoria ceca della traduzione
B., S.A. Osimo Distorsione cognitiva, distorsione traduttiva e distorsione poetica come cambiamenti semiotici
Bruno Osimo Manuale del traduttore di Giacomo Leopardi
Bruno Osimo Peeter Torop per la scienza della traduzione
Bruno Osimo La traduzione totale. Spunti per lo sviluppo della scienza della traduzione
Bruno Osimo Teoria della mediazione linguistica
Bruno Osimo Traduzione come metafora, traduttore come antropologo
Bruno Osimo La memoria della cultura: traduzione e tradizione in Lotman
Bruno Osimo Traduzione e nuove tecnologie
Bruno Osimo Terminologia semiotica e scienza della traduzione
Bruno Osimo La lingua non salvata
Bruno Osimo Traduzione giuridica e scienza della traduzione
Bruno Osimo Traduzione della cultura
Bruno Osimo Traduzione letteraria e precisione terminologica
Bruno Osimo Traduzione e qualità
Bruno Osimo Traduzione: aspetti mentali
Bruno Osimo La traduzione totale di Peeter Torop

Fuori collana

Federico Bario Come batteva il tamburo
Aleksandr Ânov Le origini dell'autocrazia
Anatolij Rybakov Gli anni del grande terrore
Raffaello Giovagnoli Spartaco
Mihail Arcybašev Sangue
Mikhail Artsybashev Blood
Julija Voznesenskaja Decamerone delle donne
Solomon Volkov Pietroburgo. Storia culturale

Solomon Volkov Šostakovič e Stalin: l'artista e lo zar
Howard Rheingold Comunità virtuali
Bruno Osimo Il poeta in affari veniva da molto lontano
Bruno Osimo Esercizi di stile traduttivo
Bruno Osimo Melanzane dall'antipasto al dolce
Bruno Osimo Dizionario di psicoanalisi
Lucilla Porta, Una sorta di affetto. Romanzo
Tamara Nigi, Stazioni di transito. Haiku scritti sull'acqua
Poesia nascosta. Seicento ricette di cucina ebraica in Italia
Graziella Colonna, Memorie 1927-2024

www.ingramcontent.com/pod-product-compliance
Lightning Source LLC
LaVergne TN
LVHW030013180726
843489LV00011B/3283